꿈꾸고 사랑했네 해처럼 맑게

꿈꾸고 사랑했네 해처럼 맑게

괴테와 마주앉는 시간

전영애 지음

문학동네

차례

머리말 _007

인간은 지향이 있는 한 방황한다 _011

그대 선에 대하여 보답을 받았던가 _030

시간이 나의 재산, 내 경작지는 시간 _043

가슴 열렸을 그때만 땅은 아름답다 _061

눈물 젖은 빵을 먹어보지 않은 이 _078

올바른 목적에 이르는 길은 그 어느 구간에서든 바르다 _101

취해야 하리, 우리 모두! 술 없이도 취하는 게 젊음 _115

서둘러 가라, 내 사랑에게로 _129

하지만 저기 외따로 가는 자 누구인가? _147

더 크게 지을 수야 있겠지만, 더 많은 게 나오지는 않습니다 _166

인식했으면, 무엇이 세계를 그 가장 깊은 내면에서 지탱하고 있는지 _185

꿈꾸고 사랑했네, 해처럼 맑게, 내가 살아 있는 것, 알게 되었네 _198

머리말

괴테의 편지들을 번역하는 동안 저의 글도 조금 쓰였습니다. 편지를 번역하는 동안이어서 그런지, 제 글도 자연스럽게 누가 받을지 모른 채로 쓴 편지들이 되었습니다. 문인은 그의 한 면에 불과하건만, 그럼에도 "종이시대의 가장 생산적인 문인"으로 불리는 큰 인물 괴테를 우리에게 좀 가깝게 다가오게 하고 싶다는 열망이 늘 있었기에 이 소박한 편지들은 쓰였을 것입니다. 그는 어떤 인물이었던가를, 그의 글을 제가 어떻게 읽었는가를, 그 글에 담긴 무엇인가를 저는 꼭 제 곁의 사람들과 나누고 싶었습니다. 그래서 저도 기회가 될 때마다 신문의 칼럼에서, 펴내고 있는 괴테 전집의 해제를 위한 글들에서 조금씩 그 바람을 드러내곤 했습니다. 아마도 그쯤이 이 편지들에 담긴 생각의 실마리였을 것입니다.

방대한 작품과 연구 외에도 괴테 자신이 쓴 편지 역시 그 양이 어마어마합니다. 평생 2만여 통의 편지를 쓴 것으로 추정되는데, 그렇게 쓴 사람도 놀랍지만 후손들도 대단합니다. 200여 년 전에 이리저리 보낸 편지들을 1만 5000여 통이나 회수해 현재까지 보관하고 있습니다. 그것을 100분의 1쯤씩 추려서 번역한 것이 『사랑에게』『친구에게』『세상에게』라는 제목의 세 권의 서간집인데, 현재 괴테 전집의 일부로 출간 작업이 진행중입니다. 열정에 가득한 편지들. 거기에 비쳐 있는 성찰로써 자신을 빚어가는 인물, 나이 들수록 오히려 새로워지는 인물, 무엇보다 점점 더 넓혀지고 점점 더 깊어지는 그 세계에 대한 경탄을 아마도 저는 누군가와 나누고 싶었던 것 같습니다.

그때그때 생각의 첫 실마리가 된 것은 『파우스트』 같은 큰 작품들이기도 했지만, 자주 『서·동 시집』에 담긴 짧은 시편들이었습니다. 대개 제가 지어서 지키고 있는 여백서원의 괴테 오솔길에 놓여 있는 작은 석판들에 새겨둔 것입니다. 세상과 자신에 대한 통찰이 담긴데다가 쌓인 경험으로 깊이가 더해져서 촌철살인의 묘가 있는 시구들이지요. 때로는 노년답게 구애받음이 없는 직설, 무엇보다 무르익은 삶의 지혜가 시적 이미지에 응결되어 있어 여느 잠언들과는 다른, 시의 아름다움이 더해져 있습니다.

그런 글귀들을 살피면서 그사이 읽어오며 갈무리한 “괴테”의 모습을 조금 펼쳐보고자 합니다. 제가 읽은 괴테이니, 괴테의 시구에 어려 있을 수밖에 없는 괴테라는 인물, 그의 삶과 문학, 철학이 배어 있을 것이며 또한 그를 읽는 저에게 비쳐 있는 그의 모습이 보일 것이고 또한 그를 읽고 있는 저 자신의 모습도 간간이 드러날 것입니다. 아니, 다시 읽어보니 괴테를 빙자하여 때로 저 자신이 너무 많이 드러나버린 듯합니다. 넓은 마음으로 이해해주시기를 부탁합니다.

괴테의 글을 통해 만나게 된, 만나게 될 귀한 분들께, 정성껏 책을 만들어주신 이경록님, 큰 지지를 보내주시는 문보국님께 고마움을 전하고 싶습니다.

2021년 6월

전영애

인간은
지향이 있는 한
방황한다

Es irrt der Mensch,
solang' er strebt.

책 한 권을 들고 제가 지키는 서원을 찾아온 한 소년이 있습니다. 서울에서 오자면 지하철을 몇 번이나 갈아타고 경강선 종점인 여주역에 도착해 시내버스를 타고 버스터미널까지 와서, 또 거기서 다시 하루에 다섯 번밖에 안 다니는 마을버스를 타고 와야 하는 먼 길입니다. 전철역에서 서원까지는 차로 15분 거리에 불과하지만, 작은 지방도시라 대중교통으로만 오자면 꽤 오랜 시간이 걸립니다. 소년의 나이는 열한 살 남짓, 사정이 밝은 어른에게야 어려운 일이 아니지만 이즈음 초등학교 다니는 자녀를 그렇게 가도록 혼자 보내는 부모는 찾아보기 쉽지 않겠지요.

소년은 제가 번역한 헤르만 헤세의 『데미안』을 읽고 질문을 하러 찾아온 것이었습니다. 다이몬이 무엇이냐는 어려운 질문에서부터 시작해서 수많은 질문을 했고, 나중에 이런저런 이야기로 한참 정다워진 다음에는, 그 책에도 나오는 성性이란 게 뭐냐고 묻기도 했습니다. 심각하기도 하고 자연스럽기도 한 그 나이의 호기심이, 또 그 갖가지 호기심을 그렇게 자기 발로 모험을 하며 찾아와서 해결하는 모습이 얼마나 예쁘던지요.

사실 그 나이에 해봐야 할 일이 바로 그런 일들입니다. 대상이 무엇이든 자기 눈으로 보고, 자기 손으로 만져보고, 직접 해보고, 가보고 하는 것 말입니다. 그렇게 자기 발로 꾹꾹 디디며 깨쳐나간 세계니 얼마나 탄탄할 것이며 얼마나 확실한 자신의 영토일까요. 세상을 돌파하는 힘을 그렇게 스스로 키우고 있는 소년도 예쁘거니와, 그렇게 할 수 있도록 자녀를 믿어주는 부모가 있어 참 든든한 마음이었습니다.

그 얼마 전, 소년의 어머니가 그 소년과 소년의 친구, 소년의 어린 동생까지 데리고 그 복잡한 경로로 한번 다녀간 적이 있습니다. 애들을 셋씩이나 데리고 그렇게 오자면 좀 고생스러웠을 것 같아 이런 때는 차 좀 몰고 오지 하는 생각도 잠깐 스쳤으나, 이제 보니 소년이 혼자 서원과 집을 오갈 수 있도록, 차를 갈아타는 요소요소에서 주의할 점을 보고 가르쳐주기 위한 것이었습니다.

아마도 혼자서는 처음 나섰을 먼 길을 오며 이 작은 소년은 무엇을 느꼈을까요? 어느 순간에는 방향을 잃어 혼란스럽고, 혹 두려웠을지도 모릅니다. 하지만 소년에게는 올 곳이 있었고, 그곳에 닿기 위해서 용기를 낼 필요가 있었을 것입니다. 가만히 앉아 있으면 방황할 일도 없겠지만, 새로운 경험으로 세상을 배울 수 있는 기회 또한 없겠지요. 예전에야 그 나이에 공부를 하러 아주 집을 떠나기도 했지만 요즘에는 동화 같기만 한 이 이야기가 어쩌면 우리의 인생 여정처럼 느껴져서, 가만히 곱씹어 생각하며 한동안 들여다보았습니다.

"인간은 지향이 있는 한 방황한다." 괴테가 60년을 쓴 그 작품, 『파우스트』 전체를 한 줄로 요약하라면 누구든 서슴없이 택하는 구절입니다. 지금까지는 "인간은 노력하는 한 방황한다"라고 번역되어온 문장이지요. 그러나 이 번역은 '노력'에 너무 치우쳐 있다는 생각을 지울 수 없습니다. '노력한다'는 말에는 땀냄새가 배어 있습니다. 여러 해를, 아니 수십 년을 두고 고민했지만 괴테가 말하고자

한 원래의 뜻이 그런 '노력'만은 아니라는 생각이 들어서 굳어진 번역을 부러 바꾸었습니다.

'노력'은 번역의 원류인 아시아적, 특히 일본적 정서에 맞겠고, 우리의 정서에도 맞겠지만 특히 일본에서 1911년에 처음 번역된, 지금도 정본으로 읽히는 모리 오가이의 전설적인 번역본에서 사용된 단어입니다. 일제 강점기 우리나라 지식인들도 그걸 읽었고, 그 전통이 상당 부분 전해지고 있습니다. 고난의 시대의 우리 정서에, 1911년 일본의 정서에는 더더욱 맞았을 것입니다. 그러나 제가 생각하기에 이 번역은 『파우스트』의 본래적 진의에서는 조금 벗어납니다. 독일어 동사 'streben'이 불철주야, 일로매진 같은 뜻도 없지 않으나 못지않게 마음속의 솟구침을 담은 단어이기 때문입니다. 식물이 빛을 향하듯, 탑이 하늘로 치솟듯이요. 어찌되었건, 『파우스트』를 한 문장으로 요약하라면 이렇습니다.

그러면 그 요약문만 읽으면 되는 걸까요? 아닙니다. 어떤 법칙을 찾아내어 정리로 귀납시키는 논리적 사유나 과학의 공식의 문장을 복숭아의 씨에 비유한다면, 문학작품이란 달고 신 온갖 맛이 배어 있는 과육과도 같은 것입니다. 시간을 들여 꼼꼼히 읽어내지 않는다면, 그 다채로운 맛을 절대로 느낄 수 없습니다.

이 핵심 문장이 나오는 곳은 『파우스트』의 첫머리 「천상의 서곡」 부분입니다. 대여섯 쪽 남짓한 이 부분이 책 전체 작품의 주제적 핵심을 담은 개요라 할 막幕이지요. 좀더 자세히 말하자면, 책을 펼치면 바로 「헌사」와 「본무대 앞의 서연」이 있고, 그다음 작품이 본격적으로 시작되기 바로 전에 「천상의 서곡」이 나옵니다. 한 편의 시詩인 「헌사」는, 벌써 중년이 된 괴테가 친구 쉴러의 간곡한 당부 덕에 생애 세번째로 집중해서 『파우스트』 집필에 매달렸던 시기에 젊은 날 『파우스트』를 쓰던 때를 돌아보며 느껴지는 소회를 담은 인트로입니다. 「본무대 앞의 서연」은 본 작품과의 연결이 아주 크지는 않은 막간극 같은 성격으로 시인, 극단주, 광대가 나누는 연극에 대한 담화입니다. 시인은 불멸의 작품을 쓰고 싶은데, 극단주는 돈을 많이 벌 수 있는 작품을 요구하며 서로 다툽니다. 그러다 공연이 안 되면 굶어야 하는 광대가 중재를 하는 내용인데, '불멸'과 '돈' 사이에서 줄타기를 벌이는 연극/문학/예술의 영원한 문제들이 유쾌하게 다루어지며 『파우스트』가 지옥-지상-천상을 아우르는 작품이라는 것을 알리는 것으로 끝맺습니다.

「천상의 서곡」에서 천사들은 우주의 아름다움을 노래하지만(쓰인 것이 까마득한 오래전인데, 우주선을 타고 바라보는 지구의 모습을 그리는 시각입니다!), 튀어나온 악마 메피스토펠레스는 온갖 "거름더미에 코를 처박고" 천상의 빛인 이성理性을 "짐승보다 더 짐승 같은" 데나 쓰는 인간의 가엾은 꼴을 한없이 비아냥거립니다. 듣다 못한 주님이 "너 파우스트를 아느냐?"라고 물으시니 메피스토펠레스는 "아 그 박사요?!" 하고 냉큼 대답합니다. 그리고 그런 메피스토펠레스에게 주님은 "내 종이니라" 하십니다. 그러면서 좀더 부연하시는 말씀이 바로 "인간은 지향이 있는 한 방황한다"라는 말입니다. "어두운 충동에 사로잡힌 선한 인간은 바른 길을 잘 의식하고 있다"는 것입니다. 그리고 시험해보라 하시며 메피스토의 손에 파우스트를 맡깁니다. 이로써 방황하겠지만 궁극적으로 구원되는, 그런 큰 그림이 주제로서 제시됩니다.

그런데 "인간은 지향이 있는 한 방황한다"는 주문主文이나 "어두운 충동에 사로잡힌 선한 인간은 바른 길을 잘 의식하고 있다"는 설명문이나 잘 살펴보면 둘 다 비문非文입니다. 지향이 있다는 것은 갈 곳이 있고 목표가 있다는 것입니다. 그런데 목표가 있는 한 방황한다니. 갈 곳이 있기에 길을 잃는다니. 그러나 이 비문의 함의가 참 큽니다. 뒤집어보면 지금 길을 잃고 방황하는 것은 곧 갈 곳이, 목표가 있다는 이야기일 수 있는 것입니다. 방황하지 않는 인간이 어디 있겠습니까. 그런데 그 방황이 바로, 목표가 있고 지향이 있기 때문이라니! 참으로 큰 위로가 아닐 수 없습니다. 지금 방황해도 괜찮아. 다 가고 싶은 마음이 있으니 언젠가 어디인가에 닿아. 그런 쉬운 말보다, 말이 될 듯 말 듯한 이 위로가 주는 여운이 큽니다. 참으로 정교한 비문입니다.

"어두운 충동에 사로잡힌 선한 인간은 바른 길을 잘 의식하고 있다." 이 부연의 문장에서는 비문이 더욱 두드러지게 보입니다. '어두운 충동에 사로잡힌 인간', 단순히 생각해보면 그저 나쁜 사람일 뿐입니다. 그런데 그 안에 선함이 있을 수 있고, 어두운 충동에 사로잡혀 있어도 그 선의 알맹이가 있기에 그에게는 바른 길의 의식도 선연히 있다는 것입니다. 그저 이해하라, 용서하자가 아닙니다. 이 비문은, 고개를 갸우뚱하는 사람에게 던지는 참으로 큰 포용의 메시지입니다. 이 얼마나 잊히지 않는 커다란 껴안음인지요.

사실 파우스트라는 인물을 괴테가 온전히 창조한 것은 아닙니다. 파우스트는 그가 어린 시절에 인형극으로도 보고 또 커서는 영국의 작가 크리스토퍼 말로가 작품화해서 영국 유랑극단이 전 유럽을 돌아다니며 했던 공연 속의 인물로, 욕심 많은 이가 악마와 계약해 영혼을 팔아서—기독교권에서 저지를 수 있는 불경의 극치입니다!—24년 동안 온갖 복락을 누렸지만 결국엔 지옥에 떨어졌다는 이야기의 주인공입니다. 우리나라의 흥부 놀부 이야기처럼 기독교 세계의 흔한 권선징악의 이야기지요.

괴테는 이 흔한 소재에다 장치 하나를 바꿈으로써, 또 60여 년을 쏟음으로써 근대인의 거대한 드라마를 만들어냈습니다. 괴테가 만들어낸 그 하나의 장치는 바로 '24년의 한시적 계약'을, 더는 바랄 바가 없어서 어떤 순간을 향하여 "멈추어라! 너 참 아름답구나!"라는 말이 절로 나올 때까지의 '내기'로 바꾼 것입니다.

그리고 파우스트라는 인물에다 "무엇이 세계를 그 가장 깊은 내면에서 지탱하고 있는지", 그것을 알고 싶다는 지식욕을 부여했습니다. 파우스트는 끝없는 앎에의, 경험에의 욕구에 추동된 인물입니다. 그러니 그는 악마가 아무리 애를 써도 좀처럼 "멈추어라……"라는 계약의 말을 하지 않습니다. 그래서 『파우스트』는 정교하게 다듬어진 1만 2111행이라는 방대한 부피에 달하게 된 것이지요.

『파우스트』에 나오는 악마, 메피스토펠레스는 그저 단순한 악이 아닙니다. 이 악마는 내 마음속에 있는 "부정否定만 하는 영靈", 궁극적으로는 "인간의 활동은 너무도 쉽게 느슨해질 수 있고/ 인간은 곧 무조건의 휴식을 사랑"하기에, "자극하며 작용하고, 악마로서, 이루어주고 마는 동무"로서 신이 인간에게 주는 인물로 설정되어 있습니다. 바깥에서 온 어떤 거대한 악이 아니고, 내 마음속의 꼬여 있는 부분이지요. 궁극적으로는 우리의 작심삼일을 극복하게 하는 조력자로 설정된 것입니다.

악마 메피스토펠레스의 대사는 어찌나 매끄러운지, 어찌나 옳은 소리만 하는지 읽다보면 파우스트가 아니라 메피스토펠레스가 주인공이라는 생각이 들 정도입니다. 그러나 그 '옳은 말만 하는' 이성의 인물 메피스토펠레스의 매끄럽고 멋진 대사에서 빠져 있는 것이 있습니다. 그것은 바로 '사랑'입니다. 그 구상 역시 절묘하여 많은 생각을 하게 합니다. 메피스토펠레스라는 긴 이름이 히브리어 '거짓말쟁이'와 '파괴자'라는 두 단어의 합성이라는 것도 재미있습니다. 요컨대 평생을 학문밖에 모르던 노학자 파우스트가 다시 젊어져서 이런 자와 어깨동무를 하고 시공時空을 한계 없이 가로지릅니다.

1974년 봄, 이제는 낱장이 다 흩어져 책 모양을 잃은

『파우스트』 원서를 처음 펼쳐보았던 기억이 납니다. 저는 대학원에 갓 입학했었는데, 강의 안내에 『파우스트』 원전 강독이 있어서 떨면서 신청을 하고 책을 샀습니다. 그런데 두어 쪽밖에 안 되는 2부 도입부의 「회복의 잠」만 읽고는 그만두었습니다. 군인들이 교정에 들어와 학생들을 잡아가던 암울한 시절이었지요. 시절도 그러하니, 뭔가 외국문학 공부를 제대로 한다는 것을 상상할 수 없었습니다. 젊은 시절이었는데, 모두들 젊음은커녕 평범한 삶조차 누릴 수 없으니 방황할 수밖에 없었습니다. 참 어려운 시절이었습니다. 책 한 권 들여다보다가도, 아무렇지 않게 있다가도 눈물이 났습니다. 20세기 말의 격렬한 변화를 겪은 세상은 그때보다 훨씬 자유로워진 듯하지만, 요즘은 요즘대로의 어려움이 큰 시대지요.

우리는 보통 젊음을 눈부시다고 말합니다. 그 좋은 나이에, 무엇을 못하겠느냐고 말이지요. 아무리 돈이 많아도 시간은 살 수 없고, 아무리 젊어지려고 노력해도 흐르는 세월을 되돌릴 수 없습니다. 그래서 악마가 파우스트에게 맨 먼저 제공하는 것이 젊음입니다. 메피스토펠레스는 파우스트가 인생을 다시 살게 합니다. 한 번 늙을 때까지 살아보았으니, 다시 젊은 시절로 돌아가면 시행착오 없이 원하는 대로 살 수 있었을까요? 아닙니다. 다시 사는 인생도 당연히, 또 여전히 방황으로 점철됩니다.

젊어진 파우스트가 맨 먼저 해보는 멋진 일, 바로 메피스토펠레스에게서는 찾아볼 수 없는 사랑입니다. 사랑은 얼마나 좋은 일인가요. 사랑의 그 넓은 스펙트럼을 들여다보고 있자면, 그건 인류가 지금껏 찾아낸 가장 아름다운 것의 이름인 것 같다는 생각도 듭니다. 그러나 그 좋은 것이, 개중에 남녀 간의 사랑은 또 얼마나 충돌하는 일이 많은지요. 상황에, 조건에, 사람에…… 온갖 것에 말입니다. 더구나 사회규범과 충돌할 때 그 아름다운 것은 곧바로 비극과 맞닿을 수도 있습니다. 규범은 시대와 사회에 따라 물론 다르지만, 사랑과 충돌할 규범이 없는 곳은 지구상 어느 곳 어느 때에도 없습니다.

청순함의 대명사가 된 인물 그레트헨. 더할 수 없이 순결한 소녀를, 파우스트의 사랑이 나락으로 떨어뜨립니다. 갓난아이를 죽인 죄로 감옥에 갇혀 처형을 기다리는 상황에 처하지요. 중세 말 근대의 기독교 사회로 설정되어 있어 보이는 사회에서 파우스트는 악마와 결탁한 인물이고, 그레트헨은 혼전순결을 지키지 못한 여성입니다. 그런 여성은 당시에 온갖 사회적 조롱의 대상이었고, 그렇게 혼외로 출산된 아이를 기를 길이 없어 죽인 처녀는 사형에 처해졌습니다. 젊은 변호사 괴테가 그런 여성의 공개 처형을 직접 보기도 했지요. 파우스트는 감옥에 갇힌 그레트헨을 구출해내려 하지만, 그레트헨은—정신이 온전치 않았지만—바깥에 나간다 해도 자신에게 구원이 없음을 본능적으로 알고 있습니다. 결국 그레트헨은 운명을 받아들이고 처형됩니다. "처형되었다"는 메피스토펠레스의 말에 높은 곳 어딘가에서 "구원되었다"는 소리가 들려오는 것으로 1부가 끝을 맺습니다.

『파우스트』의 2부는, 1부와는 달리 매우 광대한 무대를 가지지만, 형식적으로는 막이 없고 장면의 나열이었던 1부와 달리 잘 짜인 5막극입니다. 대지의 힘으로 다시 깨어난 파우스트는 재정난에 처한 중세 궁정에 등장하여 지폐를 발행함로써 궁정을 위기에서 구출해주기도 하고, 이어 등장한 그의 조수 바그너가 인조인간을 만들어내기도 합니다. 그런가 하면 파우스트가 고대 그리스로 가서 스파르타 부근에 있는 게르만의 한 성주로 등장해 트로이에서 막 돌아온 헬레나를 만나기도 하고, 다시 현실로 돌아가 대립황제와 싸우는 황제를 돕기도 합니다. 그리고 마침내 바닷가에 이상향을 세울 꿈을 꿉니다.

이 글에서 방대한 『파우스트』의 모든 이야기를 부러

하나하나 설명하지는 않겠습니다. 많은 모험을 겪은 파우스트는 이미 100세의 노인이 되어 있습니다. 그의 집에는, 그 어떤 악귀들조차 범접하지 못합니다. 그러나 그런 집에도 열쇠구멍을 통하여 스며들 수 있는 것이 하나 있습니다. 바로 근심입니다. 그 어떤 인간도 떨칠 수 없는 바로 그것이지요! 근심을 맞닥뜨린 파우스트는 "나는 다만 세상을 달려왔다./ 욕망 하나하나의 머리채를 틀어쥐고"라고 자기의 삶을 돌아보지만, 스며들어온 근심은 파우스트에게 가차없이 "인간은 평생 맹목盲目이니/ 파우스트! 너도 종국에 눈멀거라" 하며 그의 눈에 입김을 불어넣습니다. 그렇게 눈이 먼 파우스트는, 지금 바닷물이 찬 곳에 앞으로 이루어질 땅이 남녀노소의 생활의 터전, 공동체의 터가 될 것을 상상하며 행복해합니다. 두 눈을 다 뜨고도 맹목적으로 살아왔는데 이제 눈이 먼 그에게서 내면의 눈이, 심안心眼이 뜨인 것입니다. 바로 그 순간에, 마침내 계약의 말이 나옵니다. "멈추어라! 너 참 아름답구나!" 메피스토펠레스는 기다리고 기다리던 순간이 오자 쾌재를 부릅니다. 하지만 과연 그가 승리한 것일까요? 계약의 말이 메피스토펠레스가 제공한 향락의 순간에 나온 것이 아니고, 그 많은 방황과 오류와 악행도 저지른 "어두운 충동"에 휩싸인 인간 파우스트 속에 든 "선善"

이 드러나는 순간에 나왔기 때문에, 이를 악마의 승리라 할 수는 없을 것 같습니다. 작품의 끝, 어딘가 깊은 산 계곡을 파우스트의 영혼이 올라가고 있는 듯한 장면(「심산유곡」)에서 파우스트의 영혼은 궁극적으로 구원되는 듯 보이며 장려한 합창으로 대단원의 막이 내립니다. 그리고 그 알 듯 모를 듯한 「신비의 합창」은 "영원히 여성적인 것이 우리를 구원한다"라는 말로 마무리됩니다.

사람은 늘 무엇인가에 추동되어 살아갑니다. 꿈이든, 이상이든, 사랑이든, 야심이든, 그 어떤 욕망이든 말입니다. 추동력은 좋은 동기가 되는 것이지만, 그것이 과해지면 스스로 시달리고 실족도 하고, 민폐도 끼치고, 악행도 저지를 수 있습니다. 사회의식이나 윤리나 교육, 종교 등은 모두 궁극적으로, 이 과잉 부분을 개인이 조금 조절하게 하여 충돌이 적은 공동의 삶이 가능하게 하기 위한 규제 장치의 개발이라고도 말할 수 있을 것입니다.

조금 과잉되어도 자신이나 남에게 해가 없거나 적은 것은 세상에 없을까요. 스스로에게 돌아오는 이득을 생각하지 않는다면 그럴 수 있을 것 같기도 합니다. 이를 테면 주는 사랑 같은 것. 그러나 바라는 것 없이 주기만 하는 사랑처럼 그렇게 성스럽고 비범하지만은 않은, 현실적인 무엇이 없을까도 생각해보게 됩니다.

알고 싶은 마음. 아마도 주는 사랑 다음으로 그런 것에 가까운 것 아닐까 합니다. 어린 아이들의 호기심을 생각해보세요. 얼마나 아름다운가요. 온갖 것을 만져보고, 먹어보고, 해보며 세상을 알아가는 아이들. 아이들은 심지어 꽃도 꺾어보고 쥐어뜯어보고, 곤충도 해체해볼 때조차도 스스로 세상을 알아가고, 옆에서 그것을 바라보는 어른도 행복합니다.

그 어떤 요인이든 우리 누구나가 어린 시절에 가졌던 그 아름다운 호기심이며 지식욕을 잃을 때, 이즈음처럼 너무도 일찍이 부과되는 것들로 하여 자발성을 상실할 때 그 무덤덤, 무감각, 무신경의 인생은 얼마나 황폐하며, 얼마나 가여운가요. 얼마나 불행한가요. 그 모든 것을 세상 탓이라고 밀쳐놓고 자신을 피해자의 자리로 옮겨놓고 그 자리를 요지부동으로 고수하면서 어딘가를 향해 목청 높이는 삶은 또 얼마나 옹색하고 불행한가요.

어떤 원인으로든, 현재 상태의 자신의 주인은 자기입니다. 그것을 고치든 고수하든 상승시키든 개선시키든 그 모든 것은 원인제공자가, 설령 백 번 개심을 한다 하여도 이제 와서 해결할 수 있는 일이 아니고, 당사자의 자기 연민이나 분노가 해결할 일도 아닙니다. 오롯이 자기 자신의 몫입니다. 자신을 빚어나가는 일을 할 사람은, 자기 밖에는 세상에 그 누구도 달리 없습니다.

"무엇이 세계를 그 가장 깊은 내면에서 지탱하고 있는지", 그것이 알고 싶다. 이 구절은 작품 『파우스트』에서 주인공 파우스트의 인물과 성격과 그의 인생을 한마디로 요약하는 구절입니다. 세계를 그 가장 깊은 내면에서 지탱하고 있는 것. 『파우스트』는 그것을 알고 싶다는 지식욕으로 법학, 의학, 신학, 즉 중세 대학의 4대 학부 전체 분야를, 그러니까 모든 학문을 섭렵한 노 지식인이 회의에 빠져서 독배를 들기에 이르는 상황에서 시작됩니다. 그러니까 그 아름다운 지식욕이 너무 일방적으로, 삶과 동떨어진 곳에서 발현되는 극단적 상황이 보여집니다. 오로지 지식뿐, 삶이 결여된 불균형 현상이기도 합니다.

그래서 『파우스트』는 아름다웠던 것이 추상화, 극단화 되면서 이르게 된 삶의 문제 상황을, 거꾸로 30년을 되돌려 다시 시작해서 마음껏 살아보게 하는 이야기이기도 합니다. 다시 살아보니 잘 살았다고 하기도 어려운 복잡한 상황이지요. 그러나 그 좋은 추동력을 극대치로 펼쳐보는, 실수도 방황도 많지만 참으로 독보적인, 다시 찾아보기 어려운 삶의 이야기이고, 바로 그침 없는 추동력의 근저에 있는 "선"의 뿌리로 인하여 최종적인 구원의 실마리가 찾아지는 아름다운 이야기이기도 합니다. 눈부시도록 방대하게 전개되는 추동력의 이야기지요.

생각해봅니다. 우리로 하여금 세상에 대해 눈을 뜨게 하는 그 아름다운 호기심을, 그 소박한 지식욕을 온전히 모아서 오래 가지고 가보면 어떨까요. 어떤 생업에 마모되든, 그 아름다운 지식욕을 잃지 않은 삶은 어떨까요. 참 궁금합니다. 그것도 과하면 해악은 있겠지만, 그래도 세상에서 개중 무해한 일이 아닐까 싶은 생각이 드는 것은, 저 시구의 출처인 괴테의 『파우스트』 때문이고, 덕분에 좀더 들여다보게 된 괴테 자신의 삶 때문입니다.

자, 이쯤에서 다시 한번 궁금해집니다. 파우스트는 과연 정말로 구원된 것일까요? 일반적인 구원의 메시지가 있기는 있지만, 파우스트의 영혼이 구원받았는지는 딱 부러지게 말할 수는 없도록 작품의 말미가 흐려져 있습니다. 많은 해석의 여지가 독자에게 주어집니다. 그래서인지 전문가들 사이에서도 구원의 여부에 대해서는 의견이 좀 갈립니다. 작품 내에서 파우스트의 영혼은 그레트헨의 영혼의 인도를 받기는 하지만, 딱 부러지게 구원되었다고 보기 어려운 점이 많습니다. 무엇보다 작품 내에서, 본의는 아니지만 저지른 악행이 무수하고, 그에 대한 어떤 사면의 요소들도 없습니다. 방황만 끝없지요. 다만 "지향하며 노력하는 자 우리가 구원할 수 있다"라고 천사가 말할 뿐입니다.

—

그리하여 우리는 대단한 한 생애를 거쳐, 다시 원점의 물음으로 돌아가게 됩니다. "인간은 지향이 있는 한 방황한다"로 말입니다. 파우스트라는 인물의 어마어마한 방황 앞에서 나의 보잘것없는 방황쯤은 충분히 용서할 만하다는 생각도 듭니다. 이 책을 다 읽고 나면, 도도한 서구 문명 3000년을 누빈 듯한 느낌과 함께 방황하는 저 자신도, 방황하는 많은 다른 이들도 껴안을 수 있을 것만 같습니다. 아마도 그래서 흉내야 못 내지만 시늉이라도 해보려고, 저 역시 오랫동안 공동체를 위한 공간을 생각해왔고 그 끝에 여백서원도 지은 것 같습니다.

사실, 첫머리에 이야기한 소년의 아버지가 저의 옛 제

자입니다. 소년이 돌쯤 되어 첫발을 땅에 디디던 어느 날, 아이를 데리고 와서 서원 뜰에 나무 한 그루를 심었습니다. 소년은 오래된 자기 연고지를 찾아온 것이기도 합니다.

그런데 이제 자기를 위해 심은 밤나무 묘목을 붙들고 사진을 찍었던 그의 첫돌 맞이가, 어느새 훌쩍 자라 『데미안』을 손에 들고, 온갖 질문을 품고, 혼자서 저를 찾아온 것입니다. 그저 예쁘기만 한 것이 아니라, 소년 하나가 세상에 대한 신뢰를 저에게 심어주었습니다. 너무나도 어지러운, 때로는 참혹한 뉴스들이 횡행해서 갈수록 TV 화면을 쳐다보기도 겁이 나는데, 그렇게 손에 책을 들고 나타난 소년은 정말이지 맑은 샘물같이 귀했습니다. 다음번에는 자고 가겠다고 했기에, 소년을 위해서 다락방을 잘 치워두었습니다.

그대
선에 대하여
보답을
받았던가

Hat man das
Gute dir erwidert?

"그대 '선'에 대하여 보답을 받았던가?"
나의 화살은 고운 깃 달고 날아갔다오.
온 하늘 열려 있었으니
어디엔가 맞았을 테지요.

좋은 뜻으로 시작했건만 일은 자주 꼬이고, 좋게 만났건만, 준 것도 많건만 인간관계는 가끔 험하게 틀어지기도 합니다. 세상이 그렇습니다. 알면서도 수긍에 시간이 걸립니다. 그런데 여기저기 숨긴 것처럼 작은 시판들이 놓여 있는 서원의 오솔길, '괴테 길'에서는, 가운데 있는 높은 전망대에 올랐다가 내려오면, 첫 시비에서 돌연한 물음을 만나게 됩니다. "그대 선에 대하여 보답을 받았던가?"

화살 하나, 고운 깃이 달린 화살 하나의 은유가 눈부셔서 시어詩語의 힘을 확인하게 되는 짧은 시입니다. 시와 지혜의 어울림이 부드럽고도 참 힘있습니다.

단도직입적인 물음으로 시는 시작됩니다. "선에 대하여 보답을 받았던가?" 제아무리 대가를 생각하지 않았더라도, 제아무리 마음을 비운다 해도 범인인 이상, 뭔가 좋은 일을 하고 난 사람의 마음 바닥 어딘가에는 남아 있게 되는 보상심리의 잔재를 이 물음은 정조준합니다. 그러나 부드럽게 풀어냅니다. 그 열림과 너그러움이 읽는 사람의 마음속에 깊이 남습니다. 영롱한 오색 깃털을 단 화살이 방금 눈앞을 날아가는 걸 본 것 같기도 합니다. 은유의 힘이 참으로 큽니다.

은유Metapher의 힘. 만인이 아는 구절들을 떠올려봅니다. "눈에는 눈, 이에는 이." 보복의 양형인 것처럼 들리는 이 오래된 함무라비 법전의 경구가, 실은 똑같이 보복해주라는 것이 아니라 응징이 도를 넘으면 안 된다는 경계라고는 하지만, 그것을 감안하여도, 좀 무섭습니다. 차용된 이미지가 무서울 만큼 무자비하게 선명하기 때문입니다. 그래서 그렇게 오래 인류의 기억에 남아 있기도 할 것입니다.

"오른손이 한 일을 왼손이 모르게 하라." 이 성서의 사랑의 복음도 온유함과 겸손을 설파하고 있지만 역시 강합니다. '손'이라는 구체적 이미지의 동원으로, 전하려는 뜻이 무서울 만큼 강렬합니다. 전하려는 강한 뜻 자체가 절대적으로 선명하고, 그것이 은유의 힘을 빌려 더더욱 강해졌습니다. 두 구절 다 시적 은유의 힘이 두드러져 보이는 좋은 예들입니다.

그러나 시는 어떤가요. 역시 은유에 힘입고 있는—더구나 은유는, 이 한 장의 그림은 시의 요체지요—우리의 시는 어떤가요. 어떤 폭력도 없습니다. 아름답고, 부드럽고, 무한히 열려 있습니다. 그럼에도 오랫동안 마음에 남습니다. 아무런 강요가 없습니다. 참 고운 깃 달고 날아갔다니. 온 하늘 열려 있었으니 어디엔가 맞았을 거라니. 그 무한한 열림과 너그러움이 그냥 아름답게 마음에 남습니다.

시는 은유를 통해 힘을 얻습니다. 괴테의 시 중에서 잘 알려진, 평범해 보이는 시편 하나를 잠깐 살펴봅시다.

들장미

보았네 소년이 작은 장미
들에 핀 장미
갓 피어 아침처럼 고왔네
얼른 달려갔네, 소년은, 가까이서 보려고
큰 기쁨으로 바라보았네
장미, 장미, 장미, 붉어라
들에 핀 장미.

소년이 말했네 널 꺾을 테야
들에 핀 장미
장미도 말했네 널 찌를 테야
네가 영원히 날 생각하도록
그리고 참고만 있지는 않겠어.
장미, 장미, 장미, 붉어라
들에 핀 장미.

그 거친 소년이 꺾었네
들에 핀 장미
장미는 거부하며 찔렀네

'앗'도 '아야'도 소용없었네
참을 수밖에 없었네
장미, 장미, 장미, 붉어라
들에 핀 장미.

참으로 소박하고 평범해 보입니다. 짧은 이야기를 담고 있습니다. 그리고 발라드입니다. 발라드, 독일어로 발라데Ballade는 서정적, 서사적, 극적 요소가 짧은 시에 집약되어 있는 형식입니다. (괴테는 이를 장래의 모든 것이 담겨 있는 어떤 원초적인 알 같은 것, 원란原卵이라고 불렀습니다.)

이야기인즉, 들에 핀 많고 많은 들장미 중에서 어떤 꽃 한 송이가 한 소년의 눈길을 끕니다. 예뻐서 그냥 두지 못하고 꺾으려 합니다. 꽃은 저항합니다. 어린 소년과 갓 피어난 꽃답게, 한 걸음 떨어져 바라보면 귀여울 수도 있는 티격태격이 벌어지지만, 그 티격태격이 단순하면서도 참 강하게 그려집니다. 소년의 '널 꺾을 테야Ich breche dich'와 꽃의 '널 찌를 테야Ich steche dich' 같은 대구들로 그렇습니다. 둘 다 '너dich'를 향하고 있습니다. 상대방을 의식하는 작은 드라마가 시작된 것입니다. 꽃의 저항에는, 나를 영원히 기억하도록 찌르겠다는 말이 덧붙으니, 귀여운 교태마저 있습니다. 어린 소년과 갓 피어난 꽃 사이의 대결이 고아하고 고답한 언어로 그려질 수는 없겠지요. “널 꺽을 테야.” “널 찌를 테야.” 어린 소년답고 갓 피어난 꽃다운 단순한 어휘입니다.

결국 꽃은 꺾이고 맙니다. 사실 독자들은 3연 초입부터 꽃이 꺾이리라는 걸 벌써 알고 있습니다. “그 거친 소년이”라고 했으니까요. 저항도 부질없이 꽃은 꺾이고, 한 송이 꽃이 꺾여도, 그런 그 누군가의 사연이 있어도, 읽는 사람들의 마음속에서는 그런 꽃이 무수히 피어 있는 무심한 벌판만 아득히 펼쳐집니다. 되풀이되는 후렴구 때문입니다. 꽃이 많다고 하지는 않습니다. 마치 자꾸 꽃꽃꽃꽃…… 하며 줌렌즈를 한껏 뒤로 당기는 것만 같습니다. 그 많은 꽃들의 ‘붉은’ 색깔만 점점 선명해집니다.

들에 핀 장미. 장미라는 번역이 좀 어색하긴 합니다. 사실 ‘Rose’란 거의 꽃의 대명사처럼 쓰입니다. 서양어에서 ‘사과’가 자주 그저 열매의 대명사이듯 말이지요. 그러니 이 시에 나오는 장미도 그저 무더기로 핀 들꽃 중의 하나여야 할 것입니다.

각설하고, 이 시에서 소년과 꽃 사이에서 벌어진 작은 드라마가 선명하고 리얼하게 그려진 묘사이기도 하지만 또한 은유이기도 합니다. 서양의 시의 전통에서 자고로 ‘꽃을 꺾는다’는 건 남녀관계의 은유로 쓰였습니다. (서툴

수밖에 없는, 거칠 수도, 심지어 잔인할 수도 있는) 처음 하는 사랑이, 꽃에 얹혀 싱그럽게 다가옵니다.

죄과를 논할 수도, 비통을 토로할 수도 있겠지만, 이렇게 싱그럽게 그려질 수도 있는 것이 사랑, 특히 첫사랑입니다.

이 발라데는 괴테가 대학 시절 알자스 시골에서 직접 채집한 민요를 그 골조로 하고 있습니다. 민요 같은 데는 아무도 관심이 없던 시절, 괴테는 슈트라스부르크에서 법학공부를 하고 있었는데, 당시에 요한 고트프리트 헤르더가 민요의 중요성을 간파하고 『민요Volkslieder』라는 책을 펴냈습니다. 그가 생각한 민요란 자연스러운 모든 것이었습니다. 유럽 문헌을 섭렵하여 글을 모아 책을 만들었는데, 심지어 셰익스피어의 『맥베스』의 한 장면까지 민요로 실려 있습니다.

그런데 헤르더의 생각을 접한 젊은 괴테는 책을 뒤지지 않고 곧바로 말을 타고 나섭니다. 알자스 시골로 가서, 할머니들로부터 직접 민요를 채집합니다. 이런 방식의 민요 채집은 오늘날에야 민요 연구의 정석이지만, 그때는 아무도 생각지 못했던 방법이었습니다. (그때 괴테가 채집한 민요 열두 편이 오늘날까지 잘 간직되어 있습니다.) 그렇게 괴테는 자신의 마음을 끄는 것에게로 달려갔습니다. 그리고 자세히 보았습니다. 대상 안에 잠재해 있는 운명의 드라마까지를 말입니다.

그렇게 민요의 소박한 아름다움을 주목한 괴테는 그걸 토대로 자신의 시를 썼습니다. 민요의 소박한 어휘를 기저로 삼되, 거기에 민요에서는 상상하기 어려운 자신만의 어휘구사를 더합니다. 예컨대 "아침처럼 고왔네"로 떼어서 번역한 한 단어인 조어 "morgenschön" 같은 어휘를 보세요. 갓 피어난 꽃의 아름다움을 어떻게 묘사해야 할까요. 그냥 아름답다, 곱다로는 부족합니다. 그렇다고 꽃을 꽃처럼 곱다고 해야 할까요. 그래서 '아침아름다움'이라고 신조어를 만들어냅니다.

이 시는 예전에는 교과서에 실려 있어서 우리나라에서도 많은 사람들이 알고 있었는데, 지금은 교과서에서 빠졌습니다. 뺀 사람들은 나름대로 생각이 있었을 테지만, 저는 참 아쉽습니다. 이 시는 하인리히 베르너('웬 아이가 보았네, 들에 핀 장미화'로 시작되는 우리에게 익숙한 멜로디입니다), 슈베르트(슈베르트 작곡은 우리 가사에서 '아름다운 월계꽃 한 송이 피었네'라고 시작됩니다. 들장미가 월계꽃으로 번역되었습니다) 등 여러 작곡가의 마음을 사로잡아 수많은 곡으로 탄생했으며, 또 그만큼 많은 성악가들에게 불렸습니다. 그중에도 특히 '세기의 성악가'로 불리는 디트리히 피셔-디스카우의 명징한 딕션은 세계인들의 가슴에 깊이 새겨져 오랫동안 남아 있습니다.

—

시는 메타포를 통해 힘을 얻습니다. 그러나 그에 앞서는 것이 있지요. 사람의 마음속을 오가는 것, 시인은 그 얽힘, 착종을 들여다보고 헤아리는 사람이기도 합니다. 아직도 젊은, 그러나 깊어진 눈길로 더 자신을 들여다보던 즈음의 어느 밤, 어스름한 달빛 속을 거닐며 시인은 씁니다.

달에게

너 다시 수풀과 골짜기를 채우는구나
고요히 안개의 광휘로
너 마침내 다시 한번
나의 영혼마저 모두 풀어놓는구나

너 나의 벌판 위로 펼치는구나
어루만지며 네 눈길을
친구의 눈처럼 온화하게
내 운명 위로

기쁨의 시간이며 슬펐던 시간
그 모든 여운을 나의 마음은 느낀다
나는 거닌다 기쁨과 고통 사이
고독 속을.

흘러라, 흘러라, 강물아!
결코 나 즐거워지지 않으리니
그렇게 장난도 입맞춤도 사라진다
사랑의 맹세 또한 그러하리.

하지만 나 한 번 소유하였더라
그토록 값진 것을!
고통 속에서도
결코 잊히지 않을 것을!

철철 흘러라, 강아, 골짜기를 따라

그침도 멈춤도 없이
철철 흘러라, 내 노래에다
선율을 넣어다오

네가 겨울 저녁
성난 듯 넘치거나
봄의 찬란함 에워싸고
어린 꽃봉오리 솟거든.
행복하여라, 세상 앞에서
증오 없이 자신을 닫는 이
한 친구를 가슴에 안은 이
더불어 즐기는 이

사람들이 알지 못해도
혹은 유의하지 못해도
가슴의 미로를 지나며
어둠 속에서 오가는 것
그것을 더불어 즐기는 이.

이 시를 처음 읽었을 때, 읽어나가던 시 한가운데서 부딪쳤던 한 구절의 충격을 잊을 수 없습니다. 마치 무언가에 찔린 듯한 느낌이었습니다. 바로 "행복하여라, 세상 앞에서/ 증오 없이 자신을 닫는 이"라는 구절이었습니다.

세상 앞에서 자신을 닫을 수는 있습니다. 누구든 몰리고 몰리다보면 그렇게 할 수 있습니다. 아니, 어쩌면 문을 닫을 수밖에 없기도 합니다. 그런데 "증오 없이"라니. 아무나 할 수 있는 일이 아닙니다. 시인은 아직 스물예닐곱 즈음입니다. 바이마르에 막 와서, 세상에서 자신의 자리 하나를 찾아야 하는 나이였습니다. 어떻게 이런 혜안이 생겨났을까요.

청년 괴테가 이 시를 쓴 건 가당을 길이라곤 없는 사람을 막막히 사랑하던 시절이었고, 또 사랑으로 괴로워하다가 그 집 앞 작은 강에다 몸을 던진 한 젊은 여성의 시신을 수습해주고 난 어느 겨울밤이었습니다. 시인은 거닙니다. 그저 강가가 아니라 "기쁨과 고통 사이를" "고독 속"을 거닙니다. 외로움이 하나의 장소 같습니다. 그가 거닐며 살아갈 강가, 삶의 터 같습니다.

그렇게 운명을 생각하며, 젊은 시인은 작은 강가 작은 집에다 고요히 자신의 거처를 짓습니다. 시를 씁니다. 자신의 세계를 짓고, 고요히 들여다봅니다. 사람의 마음속을, 운명을, 그 얽힘, 착종을 예리한 눈길로 들여다봅니다. 예리한 눈길이지만, 깊고 그윽합니다.

그런 눈길로써 진정한 시작詩作은, 진정한 글쓰기는 제대로 시작되는 것 같습니다.

시간이
나의 재산,
내 경작지는
시간

Die Zeit ist mein Besitz,
mein Acker ist die Zeit.

서원 뒤쪽에 있는 괴테 오솔길의 정점. 가장 높은 전망대에 올라서면 360도로 산들의 바다가 가림이라곤 없이 펼쳐집니다. 그 전망대 꼭대기에 놓인 시비에 적힌 말이 아래와 같습니다. 이 시비에 새겨진 시구만은, 서원을 지은 이가 아니라 독일 바이마르 괴테학회의 요헨 골츠 회장님이 한국의 젊은이들을 위하여 우정 골라주신 것입니다.

내가 받은 유산 얼마나
　　찬란하고 얼마나 넓디넓은지
시간이 나의 재산,
　　내 경작지는 시간

"시간" 하면 쫓긴다는 생각부터 드는 것은, 그것이 도무지 없기만 한 우리 시대의 보편적 현상이겠지요. 젊은이들이 그 소용돌이 속에서 마모되지 않고 이렇게 잠시 숨도 돌리며 자신도 돌아보고 이런저런 생각도 해보라는, 서원 지은 이의 뜻을 바로 짐작하고, 괴테를 훤히 아시는 분이 골라주신 시구인 것입니다. 시간에 대한 이 놀라운 정의! 그 도무지 없기만 한 시간이, 내가 받은 엄청난 "재산"이라고 합니다. 게다가 내가 공들여 갈고 키워야 할 나의 경작지까지도 논밭이 아니라, 없는 부동산이 아니라, 시간이라고 합니다. 사실 우리는 시간이 중요하다는 것을 이미 알고 있습니다. 하지만 그걸 가진 우리가 얼마나 부자인지는 방금 알았지요! 사실 소유에 대해서는 으레 하던 것과는 좀 다르게도 생각해봐야 할 것 같습니다.

소유

거침없이 나의 영혼에서
흘러나오려는 사유밖에는,
고마운 운명이 나로 하여금
바닥에서부터 향유하게 하는
호의로운 순간순간밖에는 그 무엇도

진정 내 것 아님을 나 알고 있네.

순간순간이, 다름아닌 이 찰나가 진정한 나의 소유라니, 지금 이 순간은 얼마나 귀한지요. “시간이 나의 재산, 내 경작지는 시간”. 이건 젊은 사람들이 정말이지 마음에 담아야 할 구절입니다. 주변을 보아하니 이미 많이들 담아가는 것 같습니다. 이 어마어마한 상속분에다, 그것을 마음껏 경작하여 갖는 인생, 이 얼마나 멋진가요. 상상만으로도 즐거운 일입니다. 나는 젊은이들이 부동산 투기 따위로, 혹은 그보다 더, 없는 부동산으로 괴로워하는 대신, 어떤 상황에서든 이 어마어마한 유산을 마음에 담고 살기를 바랍니다. 누구든 마음만 먹으면 그럴 수 있습니다.

괴테 자신은 이 드넓은 경작지인 시간을 정말이지 긴 호흡으로 “경작”했습니다. 『파우스트』는 자그마치 60년 동안 썼지요. 그런 방대한 작품을 시간표 만들어놓고 매일 써나간 건 아니었을 테고, 젊었을 때는 젊은이에게 절실한 이야기를, 중년에는 중년에게 절실한 이야기를, 노년에는 노년에 중요한 이야기를 조금씩 조금씩 써나가서 나중에 모아 다듬었습니다. 누구든 따라가볼 수 있는 작은 세계로 그려진 1부는 생전에 출간했으나, 3000여 년을 넘나들며 유럽의 남북부를 종횡으로 가르는 2부는 당대에는 쉽게 이해받지 못할 것을 알고 단단히 봉인해서 장롱에 넣어버렸습니다.

죽기 한 해 전, 81세이던 1831년 여름의 일이었지요. 그러나 82세가 되어, 죽음을 눈앞에 둔 정월, 봉인을 풀어서 또 한번 고친 후 다시 봉인했습니다. 그러고는 3월 22일에 타계합니다.

『색채론』 연구에는 『파우스트』보다는 조금 짧은 40년을 매달렸습니다. 이와 같은 대작뿐만이 아닙니다. 「신과 무희」라는, 인도의 설화를 소재로 한 한 편의 발라데를 위해서도 그는 "40년을 품고 다녔다"고 말합니다. 그리하여 그 한 편의 시는 "다마스쿠스의 검"처럼 날카롭게 벼려졌습니다.

다마스쿠스의 검이란 자고로 칼 중에서도 강하고 날카로운 것으로 유명한데, 그 제조공법이 특이합니다. 유별나게 강한 쇳덩이를 잘 녹여 펴서 만드는 게 아니라, 수많은 철사 가닥을 겹쳐서 불에 녹이고 다루고 또 녹이고 다루어 만든다는 것입니다.

그런 긴 호흡, 오늘날 같은 시대에 불가능해 보이지만, 바로 그렇기 때문에 더더욱 빛날 수 있는 귀한 것 아닐까요. 설령 당장 실천을 못 한다 해도, 그런 생각을 해보는 순간은 얼마나 풍요롭고 귀한지요.

—

괴테는 시간의 구체적 사용법도 이리저리 적어두고 있습니다.

아무짝에도 쓸모없는 건 초조,
더더욱 쓸모없는 건 후회
초조는 있는 죄를 늘이고
후회는 새 죄를 만들어낸다

좀더 쉽게 풀어주기도 합니다. 손자 발터를 위하여 그의 기념첩에다는 이렇게 써줍니다.

오늘과 내일 사이에는
아직 긴 시간이 있다
처리하는 법을 빨리 배우라
졸리기 전에.

노년의 입지에서 젊은이들에게 하는 일반적 조언은 이

렇게 요약됩니다. 그들에게 주는 「처세훈」입니다.

아리따운 인생을 짜맞추어 가지려거든
지나간 일을 두고 근심해서는 안 된다
극히 작은 일이 그대를 분명 언짢게 하겠지만
늘 현재를 즐겨야 한다
특히 사람을 미워해서는 안 되며
미래는 신에게 맡겨야 한다.

나이 든 자기 자신에게 하는 말은 이렇습니다.

"그렇다면 저항하라! 그래야 그대가 품위를 지킬 것이다
쉬는 시간이 되기도 전에 벌써 쉬려는가?"
무언가를 비난하기에는 나는 너무 늙었다
그러나 무언가를 행할 만큼은 충분히 젊다

노시인의 혼잣말인 듯도 한데, 이 구절은 조금 변형되어 파우스트의 대사로도 들어가 있습니다. "나는 놀기만 하기에는 너무 늙었고, 소망이 없기에는 너무 젊었다."

그러나 누구의 일상이 그저 순탄하기만 하겠습니까. 청장년의 괴테는 자신의 온 희망을 이렇게 요약합니다.

희망

이루어다오, 내 두 손이 해내는 하루의 일과여
내가 완성하는 드높은 행복을!
나를, 오 부디 지치게 하지 말아다오!
아니다, 빈 꿈이 아니다
지금은 줄기일 뿐이어도, 이 나무
언젠가 열매 맺고 그늘 드리우리라.

대시인 괴테의 희망이, 더도 덜도 아니고, 그날 하루의 일과를 무사히 마치는 것이었다니! 많은 사람들의 희망과 참 다르지 않습니다. 그리고 그침 없이 만나야 하는 것 역시 다르지 않습니다.

근심

이렇게 원을 그리며
자꾸자꾸 맴돌지 말라!
오, 놔두어다오 나의 방식을 내버려두어다오
오, 다오 내게 행복을 다오!
나더러 도망치라고, 나더러 그걸 잡으라고

이제, 절망은 충분하다
나를 행복하게 놔두지 않으려거든
근심이여, 이제 나를 현명하게나 해다오.

이런 젊은 날의 소망은, 노년의 파우스트를 그리는 명장면으로 승화됩니다. 모든 것을 다 소유한 100세의 파우스트의 집에는 어려움도, 궁핍도, 심지어 그 어떤 악귀도 범접하지 못합니다. 그런데 그 집 열쇠 구멍으로 근심이 스며들고 맙니다. 근심은 파우스트에게 "인간은 평생 맹목이니/ 파우스트! 너도 종국에 눈멀거라" 하며 입김을 불어넣는다고 했지요. 그 입김에 파우스트는 눈이 멀어버립니다. 그러나 장님이 된 늙은 파우스트에게 심안이 열립니다.

누군들 근심을 피할 수 있을까요. 부유하든 가난하든, 힘이 있든 없든 인간이 결코 떨치지 못하는 것이 근심입니다. 그것을 일찍이 이미 통찰하고, 그 벗어날 수 없는 것에 '항복'하며, 괴테는 부탁합니다. "근심이여, 이제 나를 현명하게나 해다오."

그렇게 하루하루가 지나갔을 것이고 큰 정치가, 큰 과학자, "종이시대의 가장 생산적인 문인" 괴테가 빚어졌을 것입니다. 희망으로, 근심의 단련鍛鍊으로, 무엇보다 그 모든 것에 대한 바른 성찰이라는 오랜 단련으로 노년의 현인 괴테는 빚어진 것 같습니다. 그 자신이 마치 다마스쿠스의 검 같습니다.

—

차분히 앉을 겨를도 없어 절반쯤 선 채로 엉덩이만 붙인 채 글을 쓰곤 했던 괴테의 젊은 날의 집을 닮은 훨씬 더 작은 한 칸 집을 지어볼 생각을 하고 있습니다. 청년 괴테가 글을 쓰던 책상 앞의 자전거 안장 모양의 높은 의자를 들여다놓기 위해서입니다. 들여놓을 건 그런 의자 하나와 종이 한 장 놓을 만한 크기의 책상뿐이라, 방이 클 필요가 전혀 없지요. 집의 용도는 한 장의 편지를 쓰기 위한 것입니다. 10년 후의 자기 자신에게 말입니다. 그리고 이 한 칸 집의 이름을 "나의 집"으로 지을까 합니다. 나는 여백을 찾아오는 젊은이들에게—물론 늙은이도 마음이 젊으면 괜찮습니다—동네 숲 지도 한 장을 챙겨 들고 걸어가서 찾아내는 그 오두막에서 조용히 자신과 마주앉아보는 시간을 주고 싶은 것입니다.

10년 후의 나에게 쓰는 편지. 그저 멋있게 생각해낸

반짝 아이디어가 아닙니다. 아주 귀한 경험이 있어 그걸 나누고 싶을 뿐입니다. 언젠가, 그러니까 18년 전쯤, 누군가 저에게 물었습니다. 10년 뒤에 무얼 할 거냐고 말입니다. 저는 그 질문자에게 지금껏 감사하고 있습니다.

늘 경황없이 살아왔지만, 그때는 유난히도 사는 게 경황이 없어서, 서랍들을 가득 채우고 어디론가 흘러넘쳐버린 원고들이야 말할 것도 없고 출판이 된 책들조차 제대로 간수를 못 하고 있었지요. 제가 간수를 못 하고, 절판이 되고, 때로는 출판사가 망하고……

그래서 며칠 생각하다가 저는 그 질문하신 분께, 10년 뒤에는 (흩어진 원고야 도리 없고) 내가 펴낸 책들을 챙겨 모아서, 그 간절하게 썼던 책 한 권 한 권의 후기나마 모아 묶어두고 싶다고 대답했었습니다. 경황없이 살았을뿐더러, 번듯해 보이는 학벌과는 달리 어려운 여건에서 공부를 하다보니 거의 독학이라 어렵사리 구한 책들이 너무도 귀해서 일일이 번역을 해가며 읽었고, 다 읽고는 그것에 대해서 글을 썼고, 쓴 글이 또 모이면 연구서로 묶기도 하며 살아서—어쩌다 우연히 기회가 있으면 그 원고들이 책이 되기도 했으나—책이 된다는 보장으로 책을 쓴 일은 거의 없고, 그렇듯 허겁지겁 읽고 쓰고 살다보니 쓴 책들마저 손에 없는 사태가 벌어졌던 것입니다.

그후로 책을 조금씩 모아놓고, 내게 없는 절판된 내 책을 누가 가지고 있으면 빌려다 복사본을 뜨기도 했습니다. 한번은 가까운 선생님께 원본을 안 돌려드리고 죄송하게도 복사본을 돌려드린 적도 있습니다.

10년이 되어 그간 대략 수합해놓은 책 한 권 한 권의 후기를 복사하여 작은 거실 바닥에다 구불구불 늘어놓고 그 사이를 거닐던 순간이 잊히지를 않습니다. 젊은 날이 참으로 캄캄했었는데, 한 치 앞이 안 보이게 캄캄했었는데, 시간 순으로 늘어놓은 그 구불구불한 종이의 열列을 따라 이리저리 걸어보자니 마침내 길 같은 것이 보인 것입니다.

눈 앞이 캄캄한 채로, 그 어떤 등댓불도 없이, 그러나 눈앞의 일만은 그저 힘껏 했었는데 돌이켜보자니 그 '힘껏'이 길을 만들어놓은 것이었습니다. 그리고 이제 보니 적어도 본업인 전공 분야에서는 과히 틀리지 않은 길을 걸어온 것처럼 보였습니다. 감사하며, 또 만감이 교차하며 그 종잇장들을 모아 다시 하나하나 타이핑을 해서 약속한 대로 책이 될 만큼 묶었는데, 바로 책으로 내지는 않았습니다. 다 묶어놓고 나서 보니 슬며시 욕심이 조금 들었습니다. 정말 쓰고 싶은 책이 있었는데 아직 못 쓴 것이 있던 것입니다. 그래서 그 원고 묶음을 5년 더 들고 있었습니다.

그런데 그 5년이 나의 인생에서 가장 빛나고, 가장 생산적인 시기가 되었습니다. 마침 (놀랍고 감사하게도) 독일 프라이부르크 고등연구원FRIAS의 수석연구원으로 초빙을 받았습니다. 아무런 조건 없이 마음껏 연구에 매진하는 곳이었지요. 원도 한도 없이 공부를 했습니다. 학기 중에는 서울 학교에서 정상 수업을 하면서 방학 동안만 가서 근무했는데, 자주 15미터 떨어진 숙소를 못 건너갈 만큼 몰두해서 일했지요.

그 기간에 독일어 연구서가 네 권이나 쓰였고 모두 좋은 출판사에서 출간되었습니다. 특히 그중 두 권은 독일에서 아주 좋은 평가를 받았고, 지금 웬만한 학술도서관에는 다 꽂혀 있습니다. 같은 기간에 국내에서는, 그 한 권 한 권을 감히 필생의 책이라고 불러도 좋을 책이 다섯 권이나 나왔습니다. 사람이 5년 안에 그렇게 일을 할 수는 없고, 그간에 공부하고 일한 것들을 온전히 몰두하여 마지막 정리를 할 수 있는 기회가 방학마다 주어졌던 것입니다.

16년째 되는 해에는 마침 제가 몸담고 있던 학교에서 마지막 수업을 했고, 제자들이 성심껏 그 자리를 만들어 주어 나도 답례를 하고 싶어서, 이제 더는 미루지 못하고 서둘러 책을 만들어 마지막 수업에 온 많은 분들께 나눠 드렸습니다. 그 책은 제목이 '맺음의 말'입니다. 『맺음의 말. 후기後記』라고 하려다 누군가의 권고로 그냥 『맺음의 말』이 되었는데, 우선 그 볼륨에 나도 놀랐습니다.

그런데 그 마지막 수업이 끝나고 나서, 누군가 책 한 권을 들고 찾아왔습니다. "선생님 『맺음의 말』에 이 책이 빠졌던데요." 참으로 놀랐습니다. 뭐가 또 더 빠졌는지는 알 수 없습니다. 아무튼 젊은 날의 참으로 벅찼던, 혼자 했던 씨름과 중장년기의 힘겨웠던 삶, 늘 읽고 쓰며 살아온 생애의 상당 부분이 이렇게 정리되었고, 이후로는 제법 마음 가볍게 일해가고 있습니다.

10년 후에 무엇을 할 것인가, 그 하나의 질문 덕분입니다. 그래서 그 질문을 이제 저는 아끼는 젊은이들에게도 하고 싶은 것입니다. 답을 직접 듣지 않고, 그들이 쓴 편지로 받아두었다가 10년 뒤 찾아가게 하거나, 찾아가지 않으면 부쳐줄 생각입니다.

편지 쓸 집을 짓고 싶다 했지만, 그러나 편지 한 장 쓰자고 꼭 무슨 집을 지어야 할 일은 아니지요. 계획한 집을 아직 짓지는 못했지만, 여백을 찾아오는 사람들 중에는 벌써 편지를 제출한 사람도 있습니다. 모두 소중하게 잘 보관하고 있습니다. 그들의 10년 뒤의 모습을 그려보는 것이 너무나도 즐겁습니다. 그 10년 후를 향해가는 그들의 행보가 반듯하리라 미리 짐작되기 때문입니다. 그들은 얼마나 건강하고 아름다운 길을 닦을까요.

이 글을 쓰는 것은 사실, 모든 사람이 여백을 찾아올 수는 없으니 나름의 '나의 집'을 지어보기를 바라서입니다. 어려운 일이 아닙니다. 종이 한 장, 봉투 하나 있으면 누구든 할 수 있는 일이니까요. 아니 어쩌면 그것조차 없어도, 이미 가능한 일인지도 모릅니다.

여백 귀중본 함에는 벌써 그렇게 쓰여 봉해져 맡겨진 편지들이, 10년 뒤에 찾으러 올 편지들이 차곡차곡 쌓여가고 있습니다.

—

지구를 휩쓰는 질병으로 사람들 사이의 길이 많이 끊기고, 하늘길마저 닫혀버린 시절이 지나가고 있습니다. 1년에 보통 네댓 차례는 독일에 가곤 했는데, 최근에는 모든 행사가 연기를 거듭하다가 어떤 것은 기약 없이 연기되기도 했습니다. 어떤 일로 가든 넓은 독일을 거의 한 바퀴씩 돌아 잠깐씩 찾아뵙고 오는 어른들이 있습니다.

연로하신 분들을 만나는 기회는 놓치거나 미루면 안 됩니다. 더 늦기 전에 한 번이라도 더 뵙고 그 지혜를 조금이나마 더 배우고 싶고, 또 그런 어른들이 세상에 계시다는 게 그저 너무 고마워서 저절로 발길이 옮겨집니다. 요즘은 직접 얼굴을 마주하기가 힘드니, 이곳저곳에 가끔씩 안부전화나 드리고 있습니다.

작년에는 나를 아껴주시는 스승의 생신 무렵 여행 일정이 있었기에 그때 찾아뵙겠다 생각하고 있다가 일정이 또 미뤄지는 바람에 당일에야 제법 긴 편지 한 장을 공들여 써서 팩스로 보냈습니다. 긴 편지를 쓰다보니 안부만 쓴 게 아니고, 어느 행간에서인가 개인적인 어려움이 조금 비쳐나왔던 모양입니다. 수신인이 사람의 마음에, 특히 어려움에 누구보다 눈 밝은 시인이라 그분 눈에는 그게 보였나봅니다. 많은 사람들이 마음으로 존경하는 시인의, 아마도 그리 여러 번 남지는 않았을 생신이라 축하 인사가 쇄도했을 것이고 행사도 많았을 텐데, 그 와중에 당일에 곧바로 답이 왔습니다. '뒤처진 새'라는 제목의 짧은 당신 시 한 편을 옮겨적고 거기에 한마디를 덧붙인 글이었습니다.

뒤처진 새

철새 떼가, 남쪽에서 날아오며
도나우강을 가로지를 때면, 나는 기다린다
뒤처진 새를

그게 어떤 건지, 내가 안다
남들과 발맞출 수 없다는 것

어릴 적부터 내가 안다

뒤처진 새가 머리 위로 날아 떠나면
나는 그에게 내 힘을 보낸다

—오늘 새가 팩스기에서 나왔습니다. 그래서 누군가가 몹시 기뻤습니다! 감사합니다! 라이너 쿤체.

천 마디를 갈음하는 위로의 말이었습니다. 시인 스스로가 어려서부터 몹시 병약했고, "남들과 발맞추지 못하는" 사람들의 마음을 누구보다 잘 헤아리는 분입니다. 지금도 작은 체구에, 불면 꺼질 듯 몸이 가벼우신데 그 남은 힘마저 누군가에게 보태시겠다는 것이었습니다. 그 가벼운 몸에 깃든 정신의 섬세하고 부드러운 강함은 비할 데 없이 도저합니다. 진정한 시인이란 아마 본디 그런 사람일 것입니다.

「뒤처진 새」는, 아마도 시인의 마지막 시집이 될 듯한 시집 『나와 마주하는 시간』을 번역할 때 추가된 시입니다. 독일에서 출간된 원본에는 들어 있지 않은 시 한 편이 한국어 번역본에는 들어가게 된 것인데요. 시인이 일부러 시 한 편을 따로 보내주신 것은, 유난히 경쟁이 치열하고 그 와중에 사람들이 많이 마모되는 한국의 상황까지 생각하셨을 것입니다. 그런데 시집이 나오고 참 신기한 일을 겪었습니다. 시를 읽는 사람이 아주 많을 수야 없지만, 읽으신 분들은 아낄 수밖에 없는 그 시집 중에서도 유난히 그 시 「뒤처진 새」에 대해서 많은 분들이 언급하는 것이었습니다. 어디 한 단어 꾸며낸 미문이 없는 시인데도 그래요. 우리에게 주어진 시간이 넓디넓으니, 조금 뒤처지더라도 괜찮을 것이라는 큰 위안을 시를 읽은 사람들이라면 모두 받았으리라 생각합니다. 마음은 마음으로 전해진다는 것을 깊이 절감했습니다.

라이너 쿤체 시인은 제가 평생을 찾다가 쉰다섯 살

이 되어서야 만난 스승이고, 그때부터는 오랫동안 긴 편지가 오가고 있습니다. 저는 겨우 가끔씩 편지를 보내는데, 선생님께서는 늘 지극정성의 긴 답을 주십니다. 그렇게 15년이 가면서 쌓인 편지 더미는 엄청난데, 위의 글은 그중 가장 짧은 글입니다. 그러나 그 어느 장문 못지않게 힘있는 글이어서, 제가 이즈음 이런저런 여러 어려운 일들을 견뎌내는 것은, 또 앞으로도 견뎌갈 수밖에 없는 것은 먼 도나우강가에 서서 나를 그 "뒤처진 새"로 반기며 힘을 주시는 분의 덕이 아닌가 생각됩니다.

그런 귀한 글을 주고도 모자라서, 제 팩스기에서는 제가 미처 답을 쓰지 못하는 사이에 짧은 답만 쓴 걸 미안해하는 글이 세 차례나 더 나왔습니다. 당시에는 이곳에 폭우가 쏟아지는데, 그곳은 타들어가도록 메말랐을 시기였는데, 물마저 귀하지만 언제든 내가 오면 마실 물은 비축해두었다고도 쓰셨습니다. 시인이란 그런 사람입니다. 그런 분의 글을 읽고 내가 어찌 함부로 살 수 있을까요. 워낙 약하신 분이라 이만큼 버텨주시는 것도 너무 고맙지만, 이런 귀한 분들이 정말이지 조금이라도 더 오래 이 땅덩이 위에, 긴 시간 동안 계셔주기를 간절히 바라봅니다.

가슴 열렸을 그때만
땅은 아름답다

Nur wenn das Herz erschlossen
Dann ist die Erde schön.

한동안 매일 아침에 도서관에 다녔습니다. 서원에다 작은 부속건물을 하나 짓는 중이었는데, 공사하시는 분들이 어찌나 성심껏 일을 하는지 나도 그만큼은 일해야겠다 싶은데다가 공사 터에서 책을 보기도 어려워, 근처 도서관에 갔다가 오후 참을 드릴 시간에나 돌아오곤 했습니다. 그렇게나마 내 일을 좀 하고 나면 아주 다른 일을 해야 하거나, 다른 일을 하면서 내 일을 하더라도 마음의 갈등이 적습니다.

그래서 도서관을 향하는 발길이 늘 가벼운데, 도서관에 가고 싶은 이유가 자꾸 늘고 있습니다. 열람실에만 가는 게 아니라서 그렇습니다. 그 강가 도서관 곁에는 작은 지역박물관이 있고 그 안에 카페도 있는데 전망이 아주 좋습니다. 아침부터 카페에 오는 사람은 많이 없어서, 이른 시간에 조용한 카페에서 커피를 마시며 일을 하는 것이 좋기도 하지만 사실 커피를 내려주는 사람들 때문에 더욱 그렇습니다. 근무자는 요일에 따라 다르지만 모두 "친정이 바다 건너인 사람들", 즉 다문화가정 여성들입니다. 대개 우리말이 조금 서툰 분들입니다. 그럼에도 제가 카운터로 가서 만원짜리라도 내밀라치면 서툰 말로 "따뜻한 아메리카노죠? 우유 조금 넣어드릴게요"라고 길게 말하며 거스름돈을 주고 포인트카드에도 정성스레 도장을 찍어줍니다.

여주대학 도서관에 이어 여주박물관에서도 한 층 한 모퉁이를 외국인 여성들에게 내주었습니다. 이름도 '통通'이라고 붙여놓았지요. 그러한 배려가 얼마나 고마운지 모릅니다. 일손도 신부감도 턱없이 부족한 시골에서는 외국인 근로자 문제가 몸으로 체감되는 문제입니다. 그런데 그 카페에서는 외국인의 근로를 누리는 게 전혀 불편하지 않아 나는 즐겁게 일하고, 가끔은 근무자 엄마를 따라온 어린이가 다른 테이블에서 그림을 그리곤 하는 풍경도 보곤 합니다.

이따금씩 도서관 매점에서 컵라면을 하나 사먹기도 하는데, 작은 매점이라 파는 물건이 그리 많지 않습니다.

작은 음료수 진열장이 있고 그 곁에 폭이 2미터 남짓 되는 서너 단짜리 진열대가 있는데, 그 위에 띄엄띄엄 라면 열 종류가 딱 두 개씩 진열되어 있고 그 아래 새우깡 같은 과자 봉지가 몇 개, 양갱, 초콜릿, 껌 같은 것이 조금 놓여 있습니다.

이 빈약한 진열대는 두 청소년이 번갈아 관리합니다. 둘 다 정말 부지런합니다. 퇴근할 때는 진열품을 전부 창고에 넣었다가 아침이면 다시 진열합니다. 두 청년 모두 매일매일 그렇게 하는데, 그게 여간 큰일이 아닙니다. 그중 한 청년은 돈 계산은 꼼꼼하지만 그 얼마 안 되는 물건을 진열하는 데 두 시간쯤 걸리는 것 같습니다. 또 한 청년은 진열이 조금 빠르기는 한데, 그 사람에게는 무얼 달라고 해서는 안 됩니다. 계산대 뒤쪽에 있는 진열대로 가서 물건을 집어다가 계산기 바로 옆에다 놓아야 계산을 해줍니다.

처음에는 판매원이 왜 다 이럴까 하고 좀 답답하기도 했습니다. 생각해보니, 근처에 천년고찰 신륵사가 운영하는 장애인복지관이 있습니다. 몸이 조금 불편한 두 사람이 도서관 매점에서 일자리를 얻었던 것입니다. 이 얼마나 고마운 일인지요. 계산대 뒤에 선 사람에게 맞춰 계산대를 돌아 뒤로 들어가서 컵라면 하나를 집어와 계산기 옆에 놓기도 하고, "컵라면 주세요"라고 말하기도 하면서 나는, 몸이 약간 불편할 뿐 계산 분명하고 책임감 강한 청년이 계산을 마칠 때까지 참을성 있게 기다립니다.

그럴 때마다 늘 제 딸이 어렸을 적에 했던 말이 떠오릅니다. 언젠가 중학생이던 딸이 독일 뮌헨에 있는 나를 찾아온 적이 있습니다. 잠깐 살던 곳이 교외여서 전철을 갈아타며 다녔는데, 한번은 통행인이 많은 환승역 플랫폼에서 열차를 기다리던 딸이 물었습니다. "여긴 왜 이렇게 장애인이 많아요?" 내가 얼른 대답을 못 하고 있는데, 스스로 답을 찾은 딸이 말했습니다. "독일이라고 장애인이 더 많겠어요. 여긴 장애인들이 밖에서 자유로이 다닐 수 있는 거죠. 불편 없이." 눈물까지 글썽이며 그렇게 말하는 어린 딸을 보며, 우리의 현실을 생각하며, 막막함과 부끄러움에 할 말을 찾지 못했습니다. 그사이 우리나라에도 예전과는 비할 수 없이 장애인에 대한 배려가 많이 보입니다. 그러나 시설은 나아졌지만, 야박한 사람들은 오히려 늘어난 것 같아 가슴이 아픕니다. 그런 사람들은 집값이나 셈하며, 어려운 사람들을 몰아내려 하기도 합니다. 왜 우리는 그렇게, 관대하지 않게 나이가 들어가는 걸까요.

이 여주에 꽤 오래 살았건만 그래도 여전히 얼마만큼

은 외지인이던 내게, 지방 어디나 그렇듯 서울 변두리 흉내에 급급해서 스산하기만 하던 곳, 이 작은 도시가 도서관 매점과 박물관 카페 덕분에 썩 다가서는 느낌입니다. 이젠 '우리' 동네인 것 같습니다.

—

가슴 열렸을
그때만 땅은 아름답다.

여백서원의 괴테 오솔길 초입, 전망대 발치에 놓여 있는 첫 시입니다. 가슴을 열라는 이 짧은 시구, 그러나 시인은, 그저 가슴을 열어라 하고 명령문으로 말하지 않습니다. 가슴을 연 사람만이 아름답다고 부담감을 주지도 않습니다. "가슴 열렸을 그때만" "땅(!)"은 아름답다고 합니다. 가슴 연 아름다운 땅 위의 가슴 연 사람인들 아름답지 않겠습니까.

그런데 그 아름다운 시구에 실은 부연이 한 줄 더 달려 있습니다.

그대 그토록 찌푸리고 서 있었으니

바라볼 줄을 몰랐구나.

가슴을 열어야 아름다운데 그 열린 가슴을, 아름다움을 바라볼 줄도 모르는 사람은 얼마나 어리석은지 못을 박는 말입니다.

열림이란 무엇보다, 다름의 인정이고 다양성의 수용입니다.

바다는 늘 물을 가득 담고 있다
땅은 결코 물을 담아두지 않는다.

다름을 인정해야 한다는 말이 이토록 자명하게 표현되어 있습니다. 누가 물더러 흘러가지 말라 할 수 있을까요. 이렇게 온갖 '다름'을 인정하며 열린 가슴은 그렇기 때문에 날아오름의 준비일 수 있습니다.

멀리 저 밖으로 나가기를 그리워하면서 그대
민첩한 비상飛翔을 준비하고 있구나
자신에게 충실하라, 또 남들에게 충실하라
그러면 이 협소한 곳이 충분히 넓다.

가슴 열지 않는다면, 아무리 돈을 쓰고 온 세상을 여행 다닌들 무슨 소용이 있을까요. 열린 가슴으로 우리가 가장 먼저 만날 수 있는 것, 역시 사람입니다. 젊은 날 괴테는 여행지에서 한 사람을 만나고는 이렇게 씁니다. 스위스 산악지대를 돌아다닐 때였습니다. 장엄하기 이를 데 없는 알프스 산악의 경치에 대한 감탄과 묘사도 있지만, 가장 절실한 글은 사람에 대한 것이었습니다.

> 라바터를 만나서 그 곁에서 행복합니다. 이건 우리 모두에게 하나의 치유예요. 사랑 안에 깃들어 살고 지향志向이 있는 사람, 활동하면서 그 가운데서 즐기기도 하는 사람이기 위해서요. 그리고 믿을 수 없을 만큼 주의를 기울여 친구들을 감당하고, 먹이고, 인도하고, 기쁘게 하는 사람이 되기 위해서요. 한 석 달만 이분 곁에서 보낼 수 있다면 참 좋겠습니다.

"한 석 달만" 그의 곁에서 보내지는 못했습니다. 그러나 오래도록 편지 왕래가 이어졌습니다. 괴테 자신이 무엇보다 "사랑 안에 깃들어 살고, 지향이 있는 사람"이었고 자신에게 밀려오는 것들에 그저 치이지 않고, 그 가운데서 즐길 줄도 알았던 것 같습니다.

바이마르에 갓 도착한, 스물여섯 살의 괴테가 살았던 그의 정원집 거실에는, 그를 바이마르로 불러준 안나 아말리아 대공비의 흉상과 더불어, 라바터의 흉상이 놓여 있습니다. 라바터는 목사님이었는데, 참 따뜻한 사람이었던 것 같습니다.

다시 한번 이런 완전히 진짜인 한 인간을 보니, 이런 생각을 갖게 되어요, 비로소 세상에 왔구나 싶어요. 그러나 또한 이런 건 있지요, 도덕적인 것에 있어서 치유의 샘의 치료를 받고 있듯 깊고 또 얕은 인간 속의 모든 화禍도 요동치고 내장이 뒤죽박죽 작동해요. 여기서 비로소 저에게 분명해지는 것은, 우리가 보통 어떤 도덕적인 죽음 가운데 함께 살고 있는지, 어떤 마음의 메말라버림과 얼어붙어버림은 또 어디로부터 오는지예요. 마음이란 그 자체 가운데서는 원래 결코 메마르지 않고 결코 차갑지 않은 것인데 말이에요. 신이, 더 많은 장점들 가운데서 이 장점 또한 우리와 함께 집으로 오게 해주시기를, 우리의 영혼이 열려 있게 해주시기를, 또 우리가 선한 영혼들을 열 능력을 주시기를.

이런 젊은이가 라바터만 그렇게 만났을까요. 또 그렇게 만났으니 만난 사람이 오죽 많겠으며 그런 호기심으로 세계를 만났으니 그로 인해서 자신의 세계가 얼마나 풍요로워졌을까요. 라바터는, 헤아릴 수 없이 많은 괴테의 인물사전 속의 그저 한 사람에 불과합니다. 참으로 많은 사람들을 만났고, 만년에는 사람들 쪽에서 더더욱 많이 괴테를 찾아왔고(바이에른 왕이 괴테의 생일날 찾아오기도 했었지요), 그렇게 몰려든 이들 중에는 물론, 청년 하인리히 하이네처럼, 잔뜩 기대하고 왔다가 실망만 하고 돌아간 사람들도 있습니다.

훗날 스스로 훌쩍 커버린 어느 시점엔가 괴테는 라바터의 한계도 간파합니다. 모든 것을 목사라는 직분의 자로 재단할 수밖에 없는, 예컨대 온 유대인들을, 아득한 예전에 예수에게 저지른 죄 하나로 무조건 매도하고 단죄하는 목사로서의 한계도 간파하고 답답해하지만, 그래도 오랫동안 편지를 주고받습니다.

괴테의 '열림'의 정도는, 단순히 역지사지易地思之 정도가 아닙니다. 어떤 괴테의 문장을 곧바로 괴테의 다른 문장으로 충분히 반박할 수 있을 만큼 넓습니다. 생각이 오락가락해서가 아니라, 그 자신 안에서 이미 여러 입장에 설 수 있었고, 특히 문학작품의 경우 온갖 인물을 한껏 몰두하여 그려냄으로써, 그 헤아릴 수 없이 다양한 성격을 묘사하는 데는 온갖 종류의 문장이 있기도 하기 때문입니다. 예컨대 작중인물의 명대사들을 가져오면, 얼마든지 서로 충돌할 수밖에 없을 것입니다. 부분부분 발췌된다면 더더욱 그렇겠지요.

그는 유연했습니다. 우리가 취할 수 있는 입장 중에서 가장 굳을 수밖에 없는 것, 그렇다고 우리가 아는 것, 즉 종교에 대한 태도까지 그러했습니다. 괴테는 스스로 이렇게 말한 적이 있습니다. 자연과학자로서의 자신은 범신론론자Pantheist이고, 시인으로서의 자신은 다신론자Polytheist이며 인간적으로는 유일신론자Monotheist라고 말입니다.

예컨대 『파우스트』의 메피스토펠레스의 불경은 끝이 없지만, 그건 작중인물인 악마에 관한 묘사일 뿐입니다. 파우스트의 불경도 엄청날 수 있지만, 괴테 자신의 개인적 신앙은 뿌리깊었지요. 만약 그가 유일신론의 입장만 철두철미하게 고집했다면, 모든 것을 신의 섭리로만 보았다면 그 기독교 시대에 왜 자연과학을 연구했을까요. 세상 모든 것이 한 분에게로만 귀결된다고 생각했다면, 그 다양한 시를 어찌 썼을까요. 그는 무려 페르시아 시인들의 시까지 읽고 소개했습니다. 『서·동 시집』을 쓰고, 오리엔트학의 초석을 놓았습니다. 그 무렵 장년의 괴테는 이렇게까지 썼습니다.

> '이슬람'이 신에의 귀의를 뜻한다면
> 이슬람 가운데서 우리 모두 살고 죽는다.

괴테는 그만한 열림의 소유자였습니다. 그러나 그런 '열림'이 쉬웠겠습니까. 청년 괴테는, 그의 '열림'이 어떠했는지를 이렇게 썼습니다.

> 조개들이, 살을 껍질 밖으로 펼쳐낼 때 물에 뜨듯이, 그렇게 나는 사는 걸 배웁니다.

조개가 연한 살을 내미는 곳은 짠 바닷물입니다. 우리의 세상과의 만남은 연한 살이 소금물에 닿을 때처럼 아플 수 있습니다. 언제나 하고 있는 일에 충실하면서, 상황에 따라, 그 상황이 어떻든 자신의 사고를 유연하게 열고 옮길 수 있는 힘, 그런 힘이 진정 큰 힘인 것 같습니다.

서원의 괴테 오솔길 끝자락에서 한 모퉁이를 도는 지

점에 숨겨진 듯 놓인 시비 하나가 더 놓여 있습니다. 제가 찾아오신 분들을 괴테 길로 안내할 때 상황을 보아가며 그냥 지나치는 글입니다.

학문과 예술을 가진 자
종교도 가진 것이다.
저 둘을 가지지 못한 자
종교를 가져라.

매우 대담한 글입니다. 물론 종교를 내려깎기 위한 글이 아니고 학문이나 예술이 이를 수 있는 높이를 생각하며 노년의 시인이 구애받지 않고 한 말입니다. 그럼에도 가끔은, 신심이 너무 깊은 나머지 언짢아하는 기색이 역력한 종교인들도 있습니다. 그래서 경우에 따라 그냥 지나치곤 하는 것입니다.

하루는 초등학교 일학년쯤 되는 어린이를 데리고 온 가족이 있었습니다. 아주 영리한 소년이었지요. 어른들이, 매우 지적인 분들이지만 또한 매우 독실한 기독교 신자인 줄 알았기 때문에 그 시비는 그냥 지나치려는데, 방문객의 눈길이 그리로 가는 것을 보고 조금 염려가 되어 "괴테는 늙으니 저런 글도 써요" 하며 지나갔습니다. 그런데 그 꼬마가 그 시비를 자세히 들여다보며 읽더니, 자기 아빠에게로 가지 않고 저에게로 쪼르르 달려와서 이러는 것이었습니다.

"그럼 종교를 가졌으면 예술과 학문도 다 가진 것이지요?"

그 꼬마를 진작 만났더라면, 제가 우리나라 독실한 기독교 신자 방문객들 앞에서 진땀을 흘리며 말조심을 하지 않아도 되었을 뻔했습니다. 그 시비 앞을 지날 때마다, 그만큼의 융통성도 없는 저를 포함한 어른들 생각이 나서 가슴이 좀 답답하기도 합니다. 우린 왜 이렇게 굳어져 버렸을까요. 좋은 것, 가장 좋은 것에서조차 말입니다.

제가 서원지기로 있는 여백서원을 아끼는 사람들에게 스포츠 팀 모집광고를 낸 적이 있습니다. 제1팀은 마라톤 팀, 제2팀은 응원 팀, 제3팀은 수영 팀인데 사실 조금 호흡이 깁니다. 광고 문안은 대략 이렇습니다.

첫째, 마라톤 팀은 '파주-개성 마라톤'을 뛸 사람들로, 마라톤은 혼자 뛰는 것인 만큼, 각자 기량을 함양하고 언젠가 마라톤이 열리게 될 그때 함께 뜁니다. 이미 마라톤을 하는 사람들도 제법 있고 세 시간 이하로 완주하는 베테랑도 있으니 미리 서로 조언을 구하며 친목을 도모해둘 수 있습니다.

둘째, 응원 팀은 마라톤에 출전까지는 못 하는 사람들로 마라톤이 열리는 당일 현장에서 응원하고 분계선 걷기에 참여합니다. 그때까지는 여명학교, 장대현학교, 하늘꿈학교 같은 탈북자 가정 청소년을 키우는 대안학교에, 아주 소액이더라도 마라톤 개최 시점까지 꾸준히 지원합니다.

셋째, 수영 팀은 적당한 시기에 남한강을 건널 사람들입니다. 남한강은 그리 넓지 않으므로 뜻을 가지면 그때까지 충분히 기량을 키울 수 있습니다. 물론 여기에도 도강까지 하지 않고 그냥 강가에서 물놀이를 하며 함께하는 팀에 합류할 수 있습니다.

이런 이상한 광고 문안을 작성하게 된 건, 요즘 보니 마라톤을 하는 사람이 생각보다 많고, 또 마라톤은 유난히 젊은 사람들이 살아가는 데 경험과 힘이 될 수 있는 종목이 아닌가 싶어서입니다. 지난가을에도 독일 바이마르에 있는데 연락이 왔습니다. "선생님, 저 지금 베를린 마라톤 출발하려 해요." 달리는 것이 좋아서 첫 직장을 운동화 회사에서 찾았던 제자가 베를린까지 뛰러 온 것이었습니다. 그의 사회생활이 얼마나 견실할지는 굳이 살펴보지 않아도 알 것만 같습니다. 가끔씩 불쑥, 저 이제 마라톤 시작했어요, 저 동아 마라톤 뛰었어요, 저 보스턴 마라톤 뛰러 가요 하는 소식도 듣고, 서울 마라톤 완주 메달 사진이 SNS에 올라오기도 합니다. 저야 물론 '파이팅'에다 끝없는 느낌표를 달아 응원하는 수준이었는데, 어느 날 통일부에 근무하는 제자가 설계를 내놓았습니다.

남북관계가 진전되면 '파주-개성 마라톤/3종 경기'를 추진해 참가하겠노라고 말입니다. 그러고 보니 그 제자가 예전에 저의 수업을 들을 때, 독일 분단문학을 읽고 놀라운 리포트를 썼던 기억이 납니다. 그 아름다운 관심을 끊지 않고 지금은 남북 문제 실무를 다루고 있으니 얼마나 고맙고 든든한지 모릅니다. 마라톤이 열리게 될 날이 언제일지는 모르겠지만, 우선 제가 응원팀에 1번으로 등록했습니다. 설령 열리지 못한다 한들, 관심을 놓지는 않을 것입니다. 통일은 될 수 있는 대로 많은 사람들이, 일시적 감정이 아니라 꾸준한 관심을 가질수록 실현 가능성이 높아지는 일이라고 생각하기 때문입니다.

수영 팀은 저의 사적인 이해에서 비롯되었습니다. 오래전, 아마 쉰쯤에, 어떤 자리에서 70세가 되면 할 일을 잘못 말해버리고 말았습니다. 그때 한강 근처에 산 탓에, 저 강을 한번 건너가보겠다고 대답한 것입니다. 잊고 살았는데 언젠가부터 사는 데서 멀지 않은 곳에 수영장이 있는 걸 알게 되어서, 새벽마다 거기에 다녀왔습니다. 제가 70세가 되어 한강을 건너겠다고 했을 때, '저도요' 하는 사람이 있었기에 그 오래된 일이 마음속에 숙제로 남아 있었던 모양입니다. 70세가 코앞이라 동행을 구하는 문제가 화급해졌던 것입니다. 지금은 남한강 어름에 사니 한강에 비하면 강폭이 좁습니다. 건너는 건 문제가 아닌 것 같으나, 그런 짓을 혼자 하기가 조금 민망했습니다. 대개 모든 수영장의 교습 방식이 획일적인 선수 양성 같아 좀 무섭기도 합니다. 기록을 내거나 남에게 보일 일이 아닌 바에야, 그저 물에다 몸을 맡김으로써 물과 하나가 되어 즐겁게 물을 헤치는 경험을 스스로 터득하면 참 유쾌할 텐데 말입니다. 그런 체험을 나누고 싶기도 하려니와 인생이란 강물도 어차피 자기 힘으로 혼자 헤쳐가는 것이라 유익한 경험이 될 것 같아 광고까지 생각한 것입니다.

마음은 다급하건만 롤러코스터 타기를 반복하는 남북 관계, 새로운 패러다임이 나와야 한다는 전문가의 목소리가 높습니다. 저는 저와 같은 미약한 개인들이 할 수 있는 작은 일들을 생각해보는 참입니다. 또 무슨 일인들 차분히, 꾸준히 해서 아니 될 일이 없다고 생각합니다. 그 모든 일이 가슴을 열어젖히고 상대방을 받아들이는 일로부터 시작된다고 믿습니다.

눈물 젖은 빵을 먹어보지 않은 이

Wer nie sein Brot mit Tränen aß

세상은 험하고, 때로 잔인합니다. 그러나 시인에게는 그에 대한 바른 인식이 있습니다. 그 어떤 호도도 없습니다. 적확한데, 때로 혹독하도록 적나라합니다. 나 자신이 어디서 어떻게 앉고 설지, 들고 날지, 걸어갈지 멈출지는 내가 정할 수 있겠지만, 세상에 대해서는 대책이 없습니다. 정확한 인식만이 유일한 대안입니다. 바른 인식은 상황을 견딜 힘을 주기 때문입니다. 세상의 험함, 어려움에 대해서야 굳이 길게 이야기할 필요가 있을까요. 살다보면 다 알게 됩니다. 알 수밖에 없습니다.

서원의 오솔길을 산책하다, 한중간에 놓인 알 듯 모를 듯한 시구를 쳐다봅니다. 자세히 들여다보니, 이 한 구절에 세상의 물살을 헤쳐온 사람의 혜안이 스며 있습니다. 그가 헤쳐온 물살이 눈앞에 선명히 보일 듯합니다. '감사'를 이야기하고 있는데 말입니다.

감사할 줄 모른다면, 그대가 옳지 않은 것이고
감사할 줄 안다면, 그대 형편이 좋지 않은 것.

다른 시들은 그 오솔길을 거니는 사람들이 누구나 공감하는 반면, 이 시구만은 고개를 갸우뚱하는 사람이 많습니다. 깊이 공감하시는 이가 있는가 하면, 전혀 이해하지 못하는 이도 있지요. 대강 헤아려보니, 후자가 좀더 많은 것 같습니다. 잘 이해가 안 된다고 묻는 사람이 제법 있기 때문입니다. 그런 질문을 받으면 굳이 설명을 하지 않고, 이 구절이 이해 안 되시면 행복하신 분이라 좋습니다, 라는 정도로 대답을 얼버무립니다.

좀더 풀어 번역하자면, "감사할 줄 모르면 네가 사람이 나쁜 것이고/ 감사할 줄 알면 네가 어려움을 많이 겪고 있는 것이다" 정도가 될 것입니다. 형편이 정말 어려울 때 받은 도움이, 아무리 작더라도 얼마나 사무치게 감사한 것인지는 그 혹독한 경험이 있어야 알 수 있습니다. 간혹 드물게 지혜와 연륜이 있어 아는 경우도 있기야 하겠지만 말입니다. 그래서 그걸 안다는 게 꼭 좋은 일만도 아닌 것 같아 얼버무리는 것입니다.

눈물 젖은 빵을 먹어보지 않은 이
근심에 찬 여러 밤을
울며 밤을 지새워보지 않은 이
그대들을 알지 못하리, 천상의 힘들이여

참 유명한 시구입니다. 소설 『빌헬름 마이스터』에 나오는 것인데요. 흔히 고난과 역경을 이겨내야만 나중에 빛을 볼 수 있다는, 교훈적인 의미로 인용되곤 하지요. 대부분은 괴테의 시구인지도 모르기도 하지만, 그저 그 깊은 함의만으로 널리 알려진 훌륭한 문장입니다. 눈물 젖은 빵이라니, 빵 한 조각을 얻기 위해 애쓴 이의 모습이 눈앞에 그려지는 듯합니다. 삶의 고단함이 선명한 이미지로 다가옵니다. 이런 삶이라면, 당연히 울면서 밤을 지새우기도 할 것입니다. 그만큼 형편이 좋지 않은 것이지요. 그런데 다음에 나오는 말이 조금은 낯설게 느껴집니다. 울며 밤을 지새워보지 않은 이 "천상의 힘들"을 알지 못한다니, 도대체 무슨 뜻일까요? "천상의 힘들"을 이해하기 쉽게 설명하면 '신'이라고 바꿔볼 수 있겠고, 이를 '섭리'라고 과감히 의역해볼 수 있겠습니다. 진정으로 감사하고 섭리까지 헤아려볼 수 있는 힘. 우리는 고난을 통해서 얻는 것 같습니다.

그 밖에도 감사를 알고 모르고를 떠나서, 받은 도움은 또 얼마나 쉽게 잊히는지요. 늘 받은 도움 생각만 하고 살 수도 없거니와, 무의식적으로 그런 부담을 계속 지고 싶지도 않은 게 사람의 마음입니다. 그러니 배은망덕해지는 것은 보통 사람에게는 대체로 시간문제일 뿐입니다. 그런데 문제는, 받은 사람은 어떤 이유로든 조만간 잊는 데 비해 도움을 준 쪽에서는 훨씬 더 오래 잊지 않는 경우도 많다는 것입니다. 도움을 준 사람은 도와준 사람에 대하여 대개 호의를 가지고 있습니다. 그러나 그것이 계속 일방적이다보면, 어느 시점에 그만 대차대조를 하게 되고 맙니다. 분노하기도 합니다. 그것이 세상의 이치입니다.

여러 이유로, 받은 것을 준 바로 그 사람에게 받은 것을 다 돌려주기는 어렵습니다. 그러나 그 받은 고마움을 언젠가는 다른 사람들에게 베풀어야 합니다. 들인 공도 그렇습니다. 넣은 바로 그 구멍에서 곧바로 뭐가 나오지는 않습니다. 그러나 그러다가 어디에선가 문득 무언가가 나오기도 합니다.

바로바로 보답이 있기 어렵고, 바로 그곳에서 사례하기는 어려운 이 시간 차, 이 장소 차가 어쩌면 세상이 얽혀 있게끔 세상을 지탱해주는 넓은 그물망인지도 모릅니다. 받은 사람이 베푸는 사람으로 크는 시간이고, 세상이 넓혀지는 시간입니다.

제가 젊었던 시절에도 세상에는 그 무엇도 쉬운 일이 없었고, 무엇 하나 단순 명쾌한 것이 없었습니다. 특히 석사과정을 마칠 때쯤부터 10년쯤 세상은 늘 캄캄했던 것 같습니다. 다만 무얼 좀 배우고 싶었을 뿐이었는데, 나라 사정이 어려운 시절이라 대학교에서 수업을 진행하는 날이 진행하지 않는 날보다 오히려 드물었고, 시간이 지나 졸업을 하려 하니 너무도 배운 게 없어서 참혹한 기분이었습니다. 정치적, 사회적으로 설 곳도 앉을 곳도 마땅치 않은 좌불안석의 어려운 시기였지요.

더구나 국민학교 때부터 혼자 서울에 와서 살다가 이제 가족도 서울로 이사를 와서 잠시 집의 안정을 찾았는가 싶었는데, 제가 대학에 입학할 즈음에 아버지께서 실직하셨습니다. 그래서 대학 시절 아르바이트를 쉬어본 적이 없습니다. 졸업하면서부터는 고등학교에 강사로 취직했고, 그러면서 대학원 석사과정을 다녔습니다. 너무도 좋은 장학금을 받았건만, 집안이 워낙 불안정하다보니 아르바이트나 일을 계속해야 했습니다. 더구나 당시의 보수적인 분위기에서 여자인 제가 공부를 열심히 하려 한다고, 어떤 교수님은 제게 웃지도 않고 "너는 비극의 씨앗"이라고 말하기도 했지요. 긴 세월 동안, 그 말이 얼마나 옳은 말씀이었는지 실감을 하며 살았습니다.

그럼에도 감옥에 앉아 있는 사람들도 있는데, 저도 어딘가에 앉아는 있어야겠다는 생각이 들었습니다. 도서관에 쭈그리고 앉았고, 그러다보니 졸업 때 그만 성적이 너무 좋아 요란한 상을 받는 일이 벌어졌습니다. 게다가 학과를 빛냈다고 큰 특전까지 받았지요. 조교 보조가 되어 저녁에 학과 사무실을 지킬 수 있게 된 것입니다. 밤마다 교수님들의 연구실을 다 청소한 후 도서관 대신 그 연구실에서 혼자 책을 볼 수 있었습니다. 수업이 없는 날은 낮에 교수님들과 조교님들의 심부름을 다녔습니다. 물론 무급이었지만, 밤에 저 혼자서 책을 읽을 수 있는 곳이 있어 좋았습니다.

무급이긴 했지만 당시에만 해도 그런 자리는 특전이었습니다. 앞으로 조교가 될 수 있고, 조교 일을 하고 나면

대체로, 한 해에 한 명이 뽑히는 유학생에 선발되어 독일 유학을 갈 수 있었습니다. 그때는 자비 유학이란 특수한 경우가 아니면 상상도 할 수 없는 때였지요. 조교가 되는 것이 '학문'을 계속할 수 있는 유일한 길이었습니다. 졸업은 했어도, 요란하게까지 했어도 못 배웠다는 느낌만 가득했던 제게 그 허드레 무급 일자리는 너무도 큰 상이었습니다. "비극의 씨앗"에게 주어진 것이니 더더욱 큰 특전이었는데, 그 특전이 1년 뒤 무참하게 회수되고 말았습니다. 1년이 지나고 조교가 유학을 떠나고 제가 조교가 될 차례가 되었는데, 갑자기 어떤 남학생이 군대를 마치고 돌아온 것입니다. 조교 자리는 바로 그에게로 돌아갔습니다.

저는 떠나야 했고 갈 곳이 없었습니다. 조교가 될 것이라 생각하고, 또 석사논문을 쓰느라 벅차기도 해서, 학교도 그만두고 아르바이트만 계속 하고 있던 때였습니다. 그런데 연구실을 떠난다는 것은 그저 갈 곳이 없어진다는 것만 뜻하는 일이 아니었습니다. 저에게는 모든 전망, 공부를 할 수 있는 모든 가능성의 차단을 의미했습니다. 어떤 길도 보이지 않았습니다. 캄캄했던, 그야말로 간난신고艱難辛苦의 10년이 시작된 것이었습니다.

모르는 게 너무도 많았습니다. 배울 게 너무 많았습니

다. 누군가가 손가락 하나, 새끼손가락 하나만 잡아주어도 나아갈 수 있을 것만 같았습니다. 그러나 제게는 그런 사람이 단 한 명도 없었습니다. 세상은 손가락 하나를 잡아주기는커녕, 벼랑에 매달려 있는 사람의 손끝을, 밟는 듯이 무정했습니다.

결혼을 했습니다. 도망치듯이는 아니었습니다. 세상에서 가장 못났다고 생각했던 나와 결혼하겠다는 사람이 있어 감사하며 결혼했습니다. 그의 사정 때문에, 논문 제출 마감 하루 전날 결혼을 하게 되었습니다. 초라한 동네 양장점에서 만들어준, 아무런 장식도 없이 그저 길기만 한 흰색 저지 원피스를 입고 앉아 결혼식을 기다리면서도 논문의 교정을 조금 보아야 했습니다. 그 전날 마쳐서 후배에게 인쇄소에 넘기는 것을 부탁했었는데, 문제가 생겼다면서 후배가 교정쇄를 들고 미장원으로 달려온 것입니다. 초라한 '웨딩 드레스'였지만 모나미 볼펜의 볼펜똥이 묻을까 조심조심하던 생각이 납니다. 교정을 보는 사이 다른 친구 하나가 드레스가 너무 초라하다며 어디 가서 긴 망사 베일을 빌려왔습니다.

결혼도 했으니 살림하며 만족하고 살면 얼마나 좋았을까요. 열심히는 살았습니다. 그러나 늘 허전한 느낌이

들었습니다. "똑똑한" 여자가 어디서 용인되는 시절이 아니었지요. 더욱 답답한 것은, 똑똑하지도 못하면서, 똑똑한 여자 취급을 안 받으려는 노력까지 끝없이 기울여야 하는 상황들이었습니다.

결혼하고 석사논문을 내며 학교를 떠나던 그 1974년 가을 끝자락, 학교마저 동숭동을 떠나 관악으로 옮겨갔습니다. 그 마지막 가을, 교정이 온통 노란 은행잎으로 뒤덮였던 때 다들 마지막이라고 사진을 찍었습니다. 제게도 그때 노란 은행잎 속에 앉아 찍은 작은 사진 한 장이 남아 있습니다. 그 사진을 찍을 때 후배 하나가, 언니는 왜 매사에 그렇게 양보하고 물러서기만 하느냐고 딱하다는 듯 다그치듯 말했습니다. 저는 수줍게 떠듬떠듬 말했습니다. "작은 건 양보해야지, 뭐. 작은 일에도 일일이 다 다투면 뭔가 정말 중요한 일을 할 힘이 남지 않을 것 같아서……" 그러나 후배는 결연히 말했습니다. "그렇게 매사에 양보만 해 버릇하면, 결국은 정말 중요한 큰일도 다 내어줄 텐데 무얼 하겠어?" 감옥에도 좀 앉아 있다가 나온 친구였습니다. 저는 확실치 않았습니다. 내게 큰일을 할 힘이 남아 있을지, 무엇보다 그 '정말로 중요한 일'이라고 한 것이 무엇일지, 무엇이 되어야 할지 알 수 없었습니다. 후배가 옳았다는 쓸쓸한 생각만 많이 했던 것 같습니다.

시간은 그렇게 흘러갔습니다. 안 그래도 시원찮던 사람이 제대로 바보가 되어가는 것 같았습니다. 여러 차례 유산도 했습니다. 그 와중에도 사람들은 왜 아이를 가지지 않느냐고 자꾸 물었지요. 그렇게 5년이 지났을 때, 어느 날 학교에 한번 가보았습니다. 관악산 밑으로 옮겨간 학교는 제게 더없이 낯선 곳이 되어 있었습니다. 학과 사무실이 낯설어 사층의 교수 연구실 쪽으로 올라가보았습니다. 익숙한 명패들이 있었으나 그 어느 문도 두드릴 수가 없었지요. 복도 끝의 작은, 살벌한 베란다에 한참 동안 서 있었습니다. (나중에, 20년 가까이 지나서 서울대학교에 부임하게 되었을 때 맨 먼저 그 베란다에다 꽃을 심었습니다. 그날의 저처럼 이상한 생각이 드는 사람이 없도록, 꽃이라도 보고 돌아가도록 말입니다.)

한참을 서 있다가 다시 이층의 학과 사무실 앞으로 가보았습니다. 역시나 문을 두드리지 못하고 그 앞에 조금 서 있었는데, 그때 벽보 한 장이 눈에 들어왔습니다. 바로 독일학술교류처DAAD 장학생 모집공고였지요. 저는 집으로 돌아와 앞뒤 가리지 못한 채 미친듯이 서류를 만들어내고 주말에 시험을 보러 갔습니다. 시험을 보러 가려고 옷을 입는데, 치마가 줄줄 흘러내리더군요. 불과 며칠

사이에 너무도 속을 태우고 애를 써서 옷이 헐렁해져버린 것이었습니다. 허리띠가 없어 아무 끈이나 동여매고 나섰습니다. 그런데 무슨 일일까요. 합격해버리고 말았습니다. 그러나 그것이 또 문제였습니다. 내가 붙었으니, 학교의 전폭적인 추천을 받은 조교가 떨어지고 만 것입니다.

역린이었습니다. 어디서 살림하던 여자가 난데없이 나타나서 그때까지의 전통과 질서를 뒤흔든 것이지요. 저는 이제 정말로 학교에 나타날 수가 없는 사람이 되어버렸고, 또한 가족에게도 그 사실을 알릴 수가 없었습니다. 떠나야 할 때는 다가오고, 말은 못 하고 속만 타고 있는데, 그때 임신이 된 것을 알았습니다. 유산만 하다가…… 어떻게든 가진 아이를 낳아야 했습니다. 떠나야 한다는 말도 해야 하고. 그 어려운 출발을 최소한 한 학기 늦추어야 했습니다. 여간 어려운 일이 아니었지요. 학교에서 추천한 조교를 그렇게 요란하게 떨어뜨려놓고 정작 본인은 출발도 못 하게 되었으니 말입니다.

아이는 무사히 태어났습니다. 내 눈물 속에서 태어난 것만 같았습니다. 아이가 두 달이 되었을 때 저는 떠나야 했습니다. 못 떠날 용기도 없었습니다. 떠나서는 어떤 때는 아이가 보고 싶어 현기증이 일곤 했습니다. 그때는 방학 때 집에 온다든가 하는 사치는 상상의 범위 안에도 없었고, 한번 유학을 갔으면 학위를 받아서 그야말로 금의환향해야 하는 시절이었지요. 저는 그럴 처지가 못 되었습니다. 세 학기를 겨우 마치고 돌아왔습니다. 짧은 기간에 목숨을 건 듯 읽고 자료를 모았습니다. 훗날 독일의 대학에서 강의를 하기도 하고, 독일 이곳저곳에서 강연 초청을 받고 큰 상도 받았지만, 그 세 학기는 지금도 제 유학 경력의 전부입니다.

귀국해서는 앞서 일들과는 비교도 안 되게 악화된 문제가 산적해 있었습니다. 그때도 길이라곤 없었습니다. 다 못 한 공부에의 갈급만 더욱 커져서, 그러다 마침내 배울 수 있는 기회만 있으면 어떤 무리를 해서든, 어디로든 달려갔습니다. 여권 네 개가 출입국 도장으로 채워질 만큼 말입니다.

돌아보면 그 캄캄하고 절박했던 세월이 내 인생의 초석이었던 것 같습니다. 그때 막막하게 쭈그리고 앉아 읽고 손가락이 굳도록 적었던 것들이, 혼자 힘으로 무얼 읽고 읽어내는 일, 지금껏 제 자양분입니다. 그 캄캄한 10년이 없었더라면 지금의 저는 없을 것도 같습니다. 그 시절 제가 의지했던 건 미안하기만 한 제 아이들로부터 받은 힘이었고(아이들은 고맙게도 잘 커주었습니다), 대학원 시절에 받은 소중한 장학금에 대한 기억이었습니다. 무언가 보답이 될 만한 사람이 되고 싶기도 했던 것 같습니다.

시간이 흘러 한 해에도 네댓 차례 독일에 가게 되는 요즘에도, 제 일상은 그리 달라지지 않았습니다. 강연이나 회의 같은 공식 일정이야 당연히 해나가지만 그 밖에는 심지어 도서관에 가는 시간조차 아까워 이즈음은 며칠 동안 방 안에 쪼그리고 앉아 일을 하다가, 맛있는 커피라도 한잔 마시겠다고 단골 커피집에 겨우 나가곤 했습니다. 그렇게 나가 앉아 있다보면, 괴테의 도시 바이마르에서는, 옆자리에 앉은 사람들의 이야기가 자연스레 귀에 들어옵니다. 정신없이 괴테를, 쉴러를 이야기하고 있는 건너편 자리 사람들에게서 자주 'Metamorphose'며 'Idee' 같은 관념어들이 들려옵니다. 그런 이야기를 듣다보면, 시계를 보면서도, 내처 들렀다가 오는 곳이 있습니다.

오가는 길에는 언제든 먼발치로 바라다보이는, 가끔은 작은 일름강 위에 놓인 작은 하얀 다리를 건너, 넓은 풀밭을 지나 키 큰 미루나무들, 겨울에도 열매가 빨간 까치밥나무를 지나, 우정 그 앞까지 걸어가보기도 하는 곳이 스물여섯 살 괴테가 불쑥 이곳으로 와서 7년을 머물렀던 작은 '정원집Gartenhaus'입니다. 한 사람의 큰 세계가 확실하게 터 잡힌 곳이죠.

똑같은 크기의 작은 창문이 전면에는 세 개씩 2열로 있고, 다른 면에는 이층만 둘씩 있고, 그저 삼각 고깔모자를 쓴 듯한 지붕을 얹은 네모난 작은 이층집. 유별난 건 건물 전면 거의 전체에다 포도 넝쿨이며 장미 넝쿨을 올릴 수 있는 시렁을 악보선을 긋듯, 눈금자 만들듯, 탄탄하게 박아놓았습니다.

이 집이 언젠가 여백서원 부근에다 따라 지으려는 '나의 집'의 모델입니다. 그 이유는 위층에 있는 방 하나 때문이고요. 자전거 안장 같은 높은 의자와—보통 책상도 곁에 하나 있긴 하지만—설교대 같은 작고 높은 책상이 있는 앞서 말한 그 방 말입니다. 이 방의 작은 창으로는 풀밭 건너 낮은 언덕 위의 집들이 바라다보입니다. 유난스럽게 높은 그 작은 연단 책상과 등받이도 없는 높은 의자가—둘 다 괴테의 주문으로 만든 거죠—괴테가 글을 쓰던 곳입니다. 그에게는 차근히 내려앉을 시간도 없었어요. 그래서 절반쯤 선 채로 마구 써내려갔지요. 종이라곤 냅킨밖에 없는 곳에서는 그 냅킨을 똑바로 놓을 겨를도 없이 빗겨 놓였으면 빗겨 놓인 그대로 그냥 썼던 사람입니다. 그 책상과 의자를 만들어서 서원에 온 젊은이들이 크나큰, 크게 될 사람의 성찰의 자리에 앉아보는 각별한 시간과 공간을 주고 싶었습니다. 그런 청년을 스스로 그려낸 책 『시와 진실』도 한 권 그 곁에 놓아주고요.

괴테는 왜 그렇게 써야만 했을까요. 닥친 문제며 많은 경험을 그는 그렇게 만났습니다. 또한 그렇게 극복했습니다. 그래서 저는 사람들에게 늘 얘기합니다. 세상에 문제의 즉답은 없다고 말입니다. 쉬운 답이 있으면 문제가 아닙니다. 그러나 문제가 무엇인지 분명하게 알면, 신기하게도 그 문제를 감당하는 힘이 생겨납니다. 젊은 괴테, 아니 늙은 괴테에게서도 늘 그랬습니다. 그 많은 문제들, 그 많은 경험들, 어떻게든 감당해야 했을 것입니다. 무언지 알고 싶고, 마음에 새겨두고 싶은 것도 많았겠지요. 그러니 늘 쓸 게 많았지요, 느긋이 책상 앞에 정좌할 겨를도 없이 말입니다. 사실 괴테는 정원집에 오기 전에 이미 그랬습니다. 『젊은 베르테르의 슬픔』은 사 주 만에 쓰고, 혼신의 힘으로 쓰며—질풍노도지요!—베르테르는 죽이고…… 그렇게 자신은 그 문제를 극복하고 살았습니다.

『젊은 베르테르의 슬픔』이 성공적으로 출간된 이후, 스물여섯 살 괴테는 바이마르로 초청을 받습니다. 바이마르에는 안나 아말리아 대공비라는, 음악과 모든 예술을 사랑하는 체구 작은 대비마마가 있었는데, 16세에 시집와 18세에 이미 남편을 잃었습니다. 그래도 그 사이 아들 둘을 두어, 맏아들이 18세 성년이 될 때까지는 자신이 작은 나라를 다스리고 아들이 성년이 되면서는 완전히 물러나 예술과 문학만 사랑하며 살았습니다. 그 귀한 아들들을 잘 키우려고, 독일 전역에서 두뇌를 모았습니다. 아들과 함께 놀고, 공부하고, 나중에 두고두고 아들의 정치도 도우라고 말입니다. 그 덕택에 바이마르 고전주의라는 문학사의 챕터가 열리게 되었지요.

그렇게 초청은 받았는데, 데리러 온다던 사람이 도무지 오질 않아 싸놓은 짐을 들고 젊은 변호사 괴테는 이탈리아로 출발했습니다. 그런데 한 구간 가다가 바이마르에서 보낸 사신을 마침 만나게 되어 돌아서게 되었고, 가서 조금 있어보겠다, 하고 왔다가 그만 만 82세로 타계할 때까지 바이마르에 살았습니다.

이 출발할 때의 스물여섯 살 청년의 심경으로 방대한 자서전 『시와 진실』이 마무리됩니다.

시간이라는 일륜日輪의 말들이 우리 운명의 가벼운 마

차를 끌고 쉬지 않고 달리니. 우리에겐 용감하게 고삐 단단히 잡고, 때론 좌로 때론 우로, 이 돌멩이 저 낭떠러지를 피해 수레를 모는 수밖에 없구나. 어디로 가는지 누가 알랴? 어디서 왔는지조차 기억 못 하거늘.

자서전 『시와 진실』은 "소망이란 우리들 속에 있는 능력의 예감이다"라고 한 이의 행보의 기록이고, 거기엔 훗날의 큰 인물의 기초를 놓는 젊은이의 모습이 아름답게 담겨 있습니다. 그렇게 82세까지 오래오래 살았지요. 작은 공국이지만 현직 4부 장관으로 평생 군주를 그의 죽음까지 보필하면서 말입니다. (물론 괴테를 붙들어두려고 여덟 살 아래인 군주는 처음에는 이 집을 사주고, 나중에는 좀 더 큰 집을 주고 그의 능력에 걸맞은 직책을 주었습니다.)

넉넉한 가정에서 태어나긴 했지만 평민이었던 청년 괴테는 우선 귀족들이 모인 작은 바이마르 궁정에서 적응해야 했습니다. 그 큰 사람이 그 작은 사람들, 그러나 하나같이 귀하신 분들 한가운데서 얼마나 많은 일을 겪었을까요. 자존심이 없었을 리 없으니, 저 작은 책상에서 쓰인 글들은, 거기 담긴 성찰은, 아마도 자신을 더욱 키우는 자양분이 되었겠지요.

각설하고, 저는 이 정원집에 오면 뒤뜰도 반드시 조금 거닙니다. 작은 바위가 있는 곳에서 잠깐 멈추고 싶어서입니다. 작은 집 앞에 펼쳐진 초원 그 뒤로 얕은 언덕에 집 한 채가 두드러지게 건너다보이는데, 그 집이 바로 슈타인 부인의 집입니다.

괴테가 10년 동안 여기서, 그다음에는 같은 골목 두세 집 건너에서 1800여 통의 편지를 썼지요. 괴테가 쓴 것만 따져도 그렇게 많습니다. 애초에 이루어질 길이 없는—슈타인 부인은 고관의 아내에다, 궁정 귀부인입니다!—그 사랑이 질풍노도 열혈청년을 차분히 성숙시켰지요. 슈타인 부인에게서 받은 편지들은 후에 괴테가 간직했다가 만년에 다 돌려보냈는데, 슈타인 부인 자신이 없애버렸습니다. 물론 괴테에게서 받은 편지들은 더할 나위 없이 귀하게 간직했고요.

10여 년 전 어느 겨울엔가, 그 1800여 통의 편지를 뮌헨의 도서관에 앉아, 고체로 쓰인 두꺼운 세 권의 책으로 읽었습니다. 판독도 어려운 책을 무언가에 빨려들듯 정신없이 읽었지요. 그리고 작년에 그 10분의 1쯤을 골라 번역을 시작했습니다. 이 정원집에서 시작된 편지는 연서戀書이기도 하지만, 거기에는 한 젊은이가 자신의 삶의 기초를 놓는 10년이 비쳐 있었습니다. 한 문장 한 문장이 너무나 아름다워서 힘든 줄 모르고 번역했었지요.

아무튼 그 집이 바라다보이는 정원집의 뒤뜰 그 바위에 적힌 글귀를 판독하며 한번 웃고 나서 발길을 돌리는 것이 나의 바이마르 산책 코스입니다. 그 바위에 적힌 괴테의 시구. 바위가 하는 말로 적혔는데, 그 내용이 이렇습니다.

> 언젠가 어떤 사랑하는 이가 내게 말했다, 바위야
> 내 사랑의 증인이 되어다오.
> 그러나 증인 서겠다고
> 일어서진 말길. 네 동무들이 여기 있잖아

이렇게 자신의 문제를 훌쩍 떨어져 바라보며 웃기도 하는 젊은이의 모습이 참 아름다워 보입니다.

열 집도 채 되지 않는 작은 시골마을에 터를 잡아 산 지 어느덧 15년이 넘었습니다. 작심한 귀농은 아니고 그냥 형편이 그렇게 되어버렸습니다. 이곳에 살면서 여러 해, 가끔은 연구실에서, 가끔은 친구 집에서 밤을 보내며

서울로 출퇴근하는 일은 만만치 않았습니다. 퇴임을 하고 나서 4~5년 전부터 출퇴근은 그쳤지만, 읽고 쓰는 일은 오히려 늘어났고 여전히 자주 독일로도 일하러 가야 하는데다가 넓은 서원을 혼자 돌보는 터라, 주경야독이 두루 혹심합니다.

봄철에는 더더욱 그렇습니다. 도시에서 하는 일들은 경우에 따라 조금 미룰 수도 있지만 농촌 일은 조금만 미루면, 제때 밭 갈고 제때 씨 뿌리고 제때 거두지 않으면, 한 해 농사를 다 망쳐버리게 됩니다. 제대로 된 농부랄 수야 없는 저도 봄날에는 주요 해외 일정마저 최대한 미룰 수밖에 없을 만큼 일이 많습니다. 아직도 농부 노릇이 서툴지만 그럼에도 농부가 농사를 짓지 않을 수 없고, 밭일 좀 한다고 책을 안 볼 수야 더더욱 없으니 주경야독이 두루 극에 달할 수밖에 없습니다. 때로는 몸이 정말로 부서지지 않나 싶은 생각이 들기도 합니다. 고맙게도 일 좀 줄이라고 걱정을 해주는 사람들이 많습니다. 그런데 아무리 생각해봐도 줄일 일이 하나도 없습니다. 하고 있는 일들 중 어느 것 하나 허투루 할 수 있는 일이 없습니다.

그런데 1년에 한두 차례씩 와서 도와주는 사람들이 있습니다. 지난 주말에는 여럿이 와서 꽃을 심었습니다.

다들 바쁜 줄 아는지라 망설였지만, 워낙 심을 꽃이 많았을뿐더러 꽃을 심는 건 보람이 눈에 보이는 일이라 주변에 미리 알렸습니다. 어렵게 시간을 낸 사람들의 서툰 삽질, 호미질로 서원 뒤편 잡초 무성하던 곳에 꽃 언덕 하나가 생겼습니다. 남은 꽃으로 나도 서원 진입로 쪽에 작은 꽃 언덕 하나를 일궈보았습니다.

일의 능률만 생각한다면 가까운 데서 도울 인력을 구하는 편이 손쉬울 수도 있지만, 그럼에도 아주 가끔은 먼 곳에 있는 이들에게 도움을 청하는 이유는 그러는 게 사람들과 땅을, 또 사람들과 사람들을 연결시켜주는 일인 것 같아서입니다. 그 어딘가에 자기가 심은 꽃이나 나무가 자라고 있다는 건, 또 그걸 보러 가는 건 그냥 봄나들이와는 다른 힘을 주지 않을까요? 서원 안에는 누군가의 손길이 만든 꽃밭들, 아주 멀리서 보내온 씨앗들이 싹터서 자란 꽃밭들도 있습니다. 나무들도, 이름표를 달기도 하고 안 달기도 했지만 제각기 주인이 있습니다. 그 주인들은 서원에 오면 자기 나무 주변의 잡초라도 뽑고 갑니다. 나에게는 나무들이 그저 나무이기만 한 것이 아니고 또 그 누군가이기도 합니다. 이즈음 여기저기서 누군가가 뿌려놓고 간 씨, 심어놓고 간 알뿌리에서 놀랍게 고운 것이 돋아나고 꽃피어납니다.

꽃과 나무를 기르는 것은, 또 꽃과 나무가 자라듯 무언가 뜻과 보람이 천천히 자라나는 일을 하는 것은, 마치 아이를 기르는 것과 비슷합니다. 생각해보면 두렵기는 하지만, 그래서 출산율도 이 지경으로 곤두박질친 것이겠지만, 막상 아이를 길러본 사람들은 대개 아이에게 주는 것보다 받는 것이 훨씬 더 많다는 걸 압니다. 굳이 주고받는 일로 따져보더라도 말입니다. 다른 일들도 사실 얼마만큼은 그런 것 같습니다. 나아가 내 아이에게 쏟는 마음을 조금만 주변에, 또 일에 나눈다면 사회적인 안정감은 물론 우선 나 자신의 많은 문제가 해결될 것입니다.

무언가 뜻과 보람이, 꽃과 나무가 자라듯 자라나는 일이 세상에 따로 있지 않습니다. 돌아보면 평생의 애씀이, 제가 하고 있는 힘겨운 노동에다가 어떻게든 뜻과 보람을 더해보려는 노력이었던 것 같습니다. 노동에 또 무얼 더하려니 등이 휠 것 같았지만, 덕분에 굽어지려던 제 등뼈가 오히려 좀 바로 선 것 같기도 합니다. 오로지 돈을 받기 위하여 일한다면, 무슨 일을 하든 그야말로 막노동일 것이고 그 벅찬 노동의 와중에서도 함께 일하는 사람들, 더 힘든 사람들을 조금이나마 배려해가면서 조금이나마 좋은 뜻을 심어가면, 그 작은 뜻들이 쌓여서 무엇보다 나 자신의 버팀목이 될 것입니다. 그런 '보람과 뜻'을 누가 나에게 줄 수 있을까요.

새벽녘까지 이 글을 쓰다가도 잠깐 눈 들어 창밖을 내다보니 어제까지 누렇던 잔디밭 전체가 파릇파릇합니다. 비껴 내린 첫 햇살 속에서 연초록이 눈부십니다. 어제 잠깐 내린 비가 초록빛 물감 묻힌 붓을 들어 천지를 한 획으로 칠해놓고 간 것입니다. 이런 기쁨을 선물받았는데, 잡초 제거 정도의 답례는 흔쾌히 해야 하지 않을까요. 찾아오는 나무 주인들도 기쁘게 거닐 텐데 말입니다.

올바른 목적에
이르는 길은
그 어느 구간에서든
바르다

Jeder Weg zum rechten Zwecke
Ist auch recht zu jeder Strecke.

괴테 오솔길을 지날 때, 방문객이 젊은이라면 숨겨진 듯 놓인 시비들 중에서, 꼭 그 앞에 잠깐 멈추어 서는 시비가 둘 있습니다.

올바른 목적에 이르는 길은
그 어느 구간에서든 바르다

처음 것 앞에 멈출 때는 늘 말합니다. "모로 가도 서울로만 가면 큰일나죠"라고. 모로 가도 서울로만 가면 된다는 말은, 우직한 제가 가장 싫어하는 말 중 하나입니다. 목적을 위해 수단과 방법을 가리지 말라는 말 아닌가요. 세상이 어찌 되라고 그런 무책임한 말을 하는지 모르겠습니다.

그 글귀 앞에서 멈추었을 때는, 조금 떨어져 있는 다음 시비에도 다시 잠깐 멈춥니다.

바르게 행하려는 자, 늘 기꺼이
뜻에, 가슴에 진정한 사랑을 품어라.

사실 세상을 살다보면, 뭐가 바른 것인지 가늠하기가 쉽지 않은 경우가 많습니다. 부단히 노력하여 겨우 바른 신념을 가지더라도 때에 따라 이를 지키기도 어렵고, 꾸준히 그 길을 가기는 더욱 쉽지 않습니다. 사태를 파악한 듯, 부러 다짐을 놓는 듯한 말이 괴테의 노년기 경구에 참 많습니다.

그대 일에 있어서 다만 바른 일만 행하라
다른 건 저절로 이루어질 것이다.

많이 힘 쏟아 행한 바른 일
그것에 더는 마음 쓰지 않는다

그러나 무시로 저지른 잘못된 일
그건 유령처럼 내 눈앞을 겅중겅중 뛰어다닌다.

인생을 진지하게 생각하지 않는 자
결코 성취하지 못하며
자기 자신에게 명령하지 않는 자
언제까지이고 종이다

바른 길은 결코 아쉽지 않을 것이니
오직 감정과 양심에 따라서 행동하라.

이 구절쯤에 이르면 익숙한 동양의 지혜들이 떠오르려 합니다. 이를테면, "덕은 외롭지 않고 이웃이 있게 마련德不孤必有隣"이라는 이치가 풀이되어 있습니다. 아주 오래된 글귀입니다만, 매우 적극적이고 현대적인 격언이라고 생각합니다.

바른 신념을 갖기도 쉽지 않지만, 겨우 바른 신념을 가졌을 때 그것은 또 얼마나 쉽게 독선으로 반전하곤 하는가요. 자기 혼자만 옳다는 독선에는, 온 세상을 차단해 버리는 이 조용한 폭압의 논리에는, 제가 아끼는 젊은이들은 빠지지 않았으면 합니다. 아니, 어느 젊은이든, 어느 늙은이든 빠지지 않았으면 합니다.

조금 더 가면 다짐을 놓듯 이런 시비도 있습니다.

수천 권의 책 속에서 진실로
혹은 우화로 그대에게 나타나는 것
그 모든 것은 하나의 바벨탑에 불과하다
사랑이 결합시켜주지 않으면

사랑이 빠져 있는 모든 것이 얼마나 공허한지를 괴테는 일찍이 파악했던 것 같습니다. 스스로도 사랑이 참 유난했습니다. 사람에 대한 것이든, 자연에 대한 것이든 다 그랬습니다. 언젠가 한번 마음을 끈 것, 그 마음에 위로를 준 것은 오래오래 사랑했습니다. 눈여겨보았던 꽃에 대해서는 평생 식물 연구가 이어졌고, 언젠가 마음을 의탁했던 바위에 대한 추억은 평생 지질 연구를 하게 했고, 언젠가 한번 신비롭게 본 색채 현상에는 40여 년 동안의 광학 연구가 이어집니다. 남겨진 업적들은 사람과 자연에 대한 그의 사랑으로 요약될 수 있다는 생각마저 듭니다. 더구나 사랑이야 말해 무엇할까요. 한 사람에게 1800통이 넘는 편지를 보내며 괴테는 말합니다. "내가 당신을 얼마나 사랑하는지 이 편지의 자모 하나하나가 당신에게 그 말을 할 거예요."

그런 지극한 사랑이 있었기에 사랑 없음의 공허함도 크게 느껴졌을 것으로 보입니다. 이는 『파우스트』의 캐릭터 메피스토펠레스의 설정에서 대표적으로 엿볼 수 있습니다. 이 악마는 그저 악마가 아니고 참으로 매력적인, 주인공 파우스트를 능가하는 매력을 가진 캐릭터입니다. 얼마나 옳은 말만 골라 하는지요. 그야말로 쿨하고, 시니컬한 그의 대사들은 그야말로 사람의 마음을 사로잡는 힘을 가지고 있습니다.

앞서 말한 바 있지만, 메피스토펠레스에게 빠져 있는 것 단 한 가지가 바로 사랑입니다. 그럼으로써 매끄러운 현대적 악惡의 화신이 참으로 설득력 있게 그려질 수 있었지요. 그런 사유의 끝머리에는 대담한 명령문도 놓입니다.

나처럼 인생을 사랑하려 해보라.

큰 돌들이 바닥에 박혀 있는 여백서원의 진입로 바닥에는 군데군데, 눈에 보이지 않을 정도의 작은 돌멩이들이 큰 바닥 돌들 사이에 끼여 있습니다. 바를 정正 자, 어질 인仁자를 담은 손바닥만한 돌들입니다.

이 서원의 진입로, 작은 찻길에서 서원 대문에 이르는 얕은 언덕길은 좀 유별납니다. 누군가가 만들어준 길인데, 그 자체만으로도 서원을 지은 뜻을 가득 담고 있습니다. 길 좌우에 고마운 사람들을 위한 소나무들이 줄지어 서 있는데, 각각 "제자들을 위한 나무" "스승들을 위한 나무", 학문의 길을 함께 간 소중한 사람들을 위한 "동학同學들의 나무", 다시 또다시 아끼는, 고마운 "제자들을 위한 나무" "서원 지키미들을 위한 나무"에다 옛 학창 시절 큰 도움을 받았던 장학재단의 고마움을 기억하는 나무들 "우산송" "경인송"에서 "애독자의 나무"까지 그 의미가 매우 다채롭습니다.

진입로 첫 부분의 바닥은 단정한 네모 돌을 차곡차곡 놓아 올라가도록 했는데, 나름대로 책의 모습을 담았습니다. 그 길을 만든 사람이, 제가 마지막 수업을 하며 했던 마무리 말, 글 배워 책 읽었거든 바르게 살라는 당부를 기억하며 그렇게 만들었다고 합니다. 그 위로 큰 돌들을 바닥에 깔면서 사이로 군데군데 '仁'자와, '正'자를 박아넣으면서요.

진입로의 얕은 오르막이 끝나는 대문 오른쪽 기둥 아래는 자그마한 돌이 두 개 함께 놓여 있는데, 하나는 매끄럽고 갸름한 돌에 새겨진 '里仁' 이란 글자이고, 또하나는 거친 돌에 새겨진 'Liebe'라는 독일어 단어입니다. 유학의 정언명제라 할 '仁'은 공자 자신의 해설을 따르자면 '애인愛人', 즉 '사람을 사랑함'입니다. 마을에, 사람 사는 곳에 사랑이 있어야 함을 역설한 것이 논어의 '이인' 편입니다. 사실 무언가 거창한 주장을 하고 싶었던 것이 아니라 나는 그저 서원이, 이 작은 마을이 사랑으로 가득찬 곳이 되었으면 하는 소망을 빌려 담고 싶었습니다. '인'으로 채워진 동네. 뭐 그렇게 읽히기를 바랐습니다.

'사랑'은, 온갖 저열한 것에도 적용되지만, 모두들 너무도 잘 알다시피 인류가 찾아낸 가장 좋은 것의 이름입니다. 모든 종교의 복음도 이와 다르지 않습니다. 저 열리고 열렸던 괴테도 물론 그 이상을 찾아내지는 못한 것 같습니다. 만년의 괴테의 사상은 '영원한 사랑ewige Liebe'에 수렴됩니다.

그러나 바를 정자, 어질 인자보다 아주 조금 더 큰, 이 두 단어를 한자와 독일어로 세긴 두 개의 돌멩이는 너무 표나지 않게, 길가에 살짝 놓여 있습니다. 곧바로 서원의 열린 문을 들어서는 사람은 미처 보지 못하고 지나치는 위치입니다. 사실 그냥 지나쳐도 괜찮습니다. 들어서는 사람은 그 자체로 귀합니다. 이 동네를 찾아온 사람이기 때문입니다. 그리고 사랑이란, 그 어떤 지침을 받아서가 아니라 저절로 마음속에서 일어나는 것입니다. 때로는 거역할 수 없게, 그냥 그 마음이 일어나기를 바랄 뿐입니다.

—

힘겨웠던 봄도 가고 어느덧 여름이 오면, 잡초는 무섭게 자라나지만 그래도 일이 봄날처럼 많지는 않아서 조금 숨을 돌립니다. 다투어 피던 봄꽃은 다 지고, 천지가 한 빛깔 초록으로 무성합니다. 머지않아 더 뜨거운 여름도 오고 장마도 닥치겠지만 그렇게 겪을 것 다 겪고 또 기다리고 나면 수확의 가을이 오겠거니, 나무들은 더욱 자라겠거니 합니다.

제가 농부까지 된 건 결국 나무 때문입니다. 서원에는 나무가 많고 그 나무들이 소중해서 거름을 좀 주고 싶은데, 거름 포대가 너무 무거워 거름을 사오는 것이 여간 힘겨운 일이 아니었습니다. 얼마나 힘이 들었던지 이웃 농부들이 대량으로 거름을 배달받을 때 나도 좀 끼어볼까 하는 일념으로 남의 땅까지 조금 빌려 경작하며 농부 자격을 얻기에 이르렀습니다.

서원에는 잘 키워야 할 나무가 많습니다. 서원을 짓기 오래전부터 넓은 서원 터가 나무 고아원이었기 때문입니다. 사연이 좀 많은데, 20여 년 전에 아주 우연히 몇 평인지조차 제대로 모르는 땅을 덜컥 계약하고 빚더미에 올라앉게 되었습니다. 그에 앞서 친구의 주선으로 낯선 마을의 폐옥 하나가 오래도록 소망하던 집필실이 되었는데, 아무런 권리도 없는 그 초라한 다락방이 소중해서 행여 잃게 될까봐 겁이 난 저는 작은 땅을 구해서 여차하면 바꾸자고 할 궁리를 했습니다. 그런데 그 마을에는 나온 땅이 없었고 이웃 마을에 땅이 나왔다기에 가봤더니 제법 큰 땅이었는데, 얼마나 큰지도 정확히 모른 채 그 자리에서 계약을 해버렸던 것입니다. 가까스로 빚을 갚아나가던 10년 동안 그 터에다 학교 계단 틈, 돌 틈에서, 하수구 속에서 잘못 싹튼 나무들을 구출해 심기 시작했습니다. 빚도 차츰 갚고, 겨우 한 뼘씩이던 그 '고아' 나무들이 조금씩 모양이 잡혀갈 때쯤 서울 집을 빼서 서원을 짓고는 힘겹게 장거리 출퇴근을 했습니다. 서원을 찾는 사람들이 차츰 그 고아나무들을 '입양'하기도 했습니다. 입양이라고 해서 별다른 것이 아닙니다. 그저 자기 나무라고 정하기만 하면 됩니다.

그런데 참 이상합니다. 입양된, 그러니까 주인이 있는 나무들이 아무리 봐도 다른 나무들보다 잘 자랍니다. 아마도 나무를 보면 자연히 그 주인 생각이 나서 자주 바라보고, 그러다보면 뽑은 잡초나 낙엽도 거름이 되라고 그 나무 발치에 한 줌씩 놓아주곤 했으니 그럴 것입니다.

혼자 있어도 늘 많은 좋은 사람들과 함께 있는 것 같아서, 나무 한 그루 한 그루가 얼마나 귀한지 모릅니다. 거름이라도 좀 주고 싶은 마음이 절로 들 수밖에 없습니다. 그래서 급기야 나는 분수 모르고 농부까지 돼버렸고, 구출해온 그 어린 고아나무들이 지금은 모두 믿을 수 없을 만치 우람한 나무가 돼 서원을 지키고 있습니다.

—

"언제부터 생각해보셨어요?"

어느 날 서른 살 청년이 제게 물었습니다. 여백서원을 짓는 일을 언제부터 생각했느냐고 말입니다. 그 청년은 격랑의 이십대를 마감하고 이제 삶의 조금 더 큰 밑그림을 그리면서, 그 끝도 생각해보는 중인 것 같았습니다. 저는 별로 망설임 없이 대답할 수 있었습니다.

"심각하진 않게, 노상 생각한 것 같네요. 몸에다는 워낙 들인 공이 없어서, 언제 회수당해도 불만 없다 하며 살았지요."

젊어서 그랬고 나이 들어서도 그랬습니다. 지금이야 물론 남은 시간과 앞으로 해야 할 일들을 좀더 저울질하지만 말입니다. 어느 하루도 벅차지 않은 날이 없었고, 그 하루의 감당이 힘겨워 다른, 그 어떤 빛나는 하루를 허공에 그려볼 여유는 없었습니다. 달리 보면 하루하루 힘껏 살았고 그걸로 감사했기에 다른 생각이 없지 않았나 싶기도 합니다. 그런데 언젠가 누가 나에게 10년 후에 무얼 하겠느냐고 물었고 그 이후의 10년이 내 생애의 가장 생산적인 10년이 되었다고 했었는데, 그 시간은 꿈에 대해 가장 많이 생각한 시간이기도 했습니다.

큰 밑그림을 그리고 있는 서른 살 청년이 말했습니다. 책을 일주일에 한 권밖에 못 읽으면, 앞으로 잘해야

3000권 겨우 읽겠다고 말입니다. 3000권이나 읽겠다니! 한 수레만 읽어도 인생이 달라진다는데, 쉬이 짐작하기 어려운 양입니다.

"3000권밖에 못 읽으면 잘 골라서 읽어야겠지요. 컴퓨터와 스마트폰 들여다보는 시간은 좀 줄여야겠고요."

그런 청년 앞에 펼쳐진 50년을 떠올려보자니, 저절로 마음이 설레어 저는 그 얼굴을 찬찬히 들여다보았습니다. 마음속으로 박수를 치면서도, 혹시 그 귀한 초심이 지치게 될까 덧붙여봅니다.

"10년 정도만 생각합시다. 10년은 내다보고 살아야겠지요. 10년 후의 자기 모습은 마음에 있어야겠지만, 단순히 역할이 아니고 사람 됨됨이면 좋겠습니다. 사람이 있어야 무언가 하지요."

청년이 다시 묻습니다.

"그러자면 무얼 해야 할까요?"

그 미더운 얼굴을 보며, 다른 사람에게라면 하기 힘들었을 말이 나옵니다.

"꿈을…… 일상의 삶 속으로 적절히 조제해넣을 수 있으면 좋겠지요. 꿈과는 까마득히 거리가 먼 삶을 살다가 어느 날 갑자기 꿈을 실현하겠다고 물불 안 가려선 무리가 따르는 법입니다. 좋은 꿈이라고 해서 하루아침에 이

룰 수 있을까요. 삶에다, 마치 조제약에다 한 가지를 첨가하듯 꿈을, 어떻게든 조금씩이라도 섞어가면, 삶이 견디기 낫고 사람도 반듯해지고 꿈도 단단해지겠지요."

그런 선생 티 날 얘기가 청년 앞에서 저절로 나온 건, 농촌에 와서 오래 살다보니 주변에서 가끔, 이제는 드디어 "꿈을 실현하겠다"고 작정한 사람들을 마주치기 때문입니다.

꿈을 가장 가시적으로 가장 확실하게 실현하는 것이 아마도 번듯한 집을 짓는 일인 모양입니다. 막 은퇴를 했거나 은퇴를 앞둔 사람들이, 한 번도 와서 살아보지 않은 농촌에다 그림 같은 전원주택을 짓곤 합니다. 전망 좋은 화려한 거실과 꿈의 부엌은 물론, 커다란 드레스룸에다 자녀들 가족까지 편안히 와 있을 방들도 다 마련된 큰 집을 심심찮게 봅니다. 그런데 꿈과 돈을 쏟아부어 짓는 집들이, 가끔은 살려고 지은 집 같지가 않습니다.

시골생활은 무엇보다 현지와의 융화가 첫째이고, 그 융화는 참으로 오래 공을 들여야 하는 것입니다. 그러지 못하니, 결국 겉돌기만 하다가 집을 내놓기도 합니다. 내놓은 집이 팔리지 않으면, 그림 같은 빈집이 됩니다. 늘 나도 저렇지 않나 싶어 스스로 돌아보곤 합니다.

오래 조금씩 공을 들이는 슬기로운 분들도 계십니다. 여러 해를 두고 주말에 와서 조금씩 농사를 짓고 나무를 심으며 동네 사람들을 사귀고, 그러다 조그만 컨테이너 같은 걸 하나 몇 해 갖다두고, 나중에야 동네 집들과 그리 차이나지 않는, 관리하기 손쉬운 작은 집을 짓습니다.

꿈의 실현같이 좋은 일에도 조금씩 쌓이는 것이 필요합니다. 하물며 어렵고 문제 많은 일들에서야 더욱더 그렇지 않을까요? 그런데 조금씩 고쳐가고 쌓아가는 일에 우리는 별로 익숙하지 않은 듯합니다. 뭐든 확 바꾸고 와장창 뜯어고칩니다. 확 바꾸면 있던 그 문제야 사라지지만, 대신 다른 문제가 무더기로 생겨날 수밖에 없는데도 문제 해결 방식이 대체로 그렇습니다. 사회적, 역사적으로도 이즈음은, 그사이 쌓인 문제가 워낙 많은 터라 그렇지만, 마치 드디어 꿈을 실현할 때라는 듯 여기저기에서 때로는 무리해 보이는 청사진이 쏟아져나오고 있습니다. 그런데 좋은 집이야말로 조금씩, 최소한 몇십 년은 내다보며, 올바른 생각과 수단을 통해 지어야 할 것 같습니다. 그러지 않으면 꿈도, 집도 금방 폐가가 되어버리고 말 것입니다.

취해야 하리,
우리 모두!
술 없이도
취하는 게 젊음

Trunken müssen wir alle seyn!
Jugend ist Trunkenheit ohne Wein.

나의 인생을 몽땅
그대로 가져가거라, 내가 살아온 대로.
사람들은 취기를 잠자서 깨우는데
나의 취기는 종이 위에 적혀 있다.

저야 술꾼은 못 되지만, 술이라도 마셔야 잠시라도 잊고 감당할 일이, 또 술이라도 마시지 않을 수 없게끔 분통 터지는 일이 좀 많은가요. 그리고 술꾼이 못 되는 저도, 어쩌다 마신 술은 푹 자버림으로써 다스리는 게 상책인 것쯤은 알고 있습니다.

그런데 누군가의 취기는 종이 위에 적혀 있다고 합니다. 괴테가 술에 취해서 글을 쓰곤 했을까요? 물론 아닙니다. 술 취한 사람이 143권에도 다 못 담을 만큼 많은 양의 글을 써낼 수는 없겠지요. 쓰고 있는 글에다 그 순간 가장 절실한 것을 그만큼 쏟아부었다는 뜻일 겁니다. 언제든 그 순간에, '현재'에, '지금 여기'에 충실했다는 것입니다. 당면한 문제를 생각하고, 그것을 글로 씀으로써 하나의 이미지로 모아서 문제를 선명하게 파악하고, 늘 그런 식으로 그 한 문제를 넘어섰습니다. 생애 중 실의로 주저앉았던 한 대목에서 괴테는 썼습니다.

> 눈은 무엇보다 내가 세계를 포착하는 기관이었다. 나는 어린 시절부터 화가들 사이에서 살았고, 대상들을 예술과 연관시켜 바라보는 데 익숙했다. 내가 나 자신과 고독에 전적으로 자신을 내맡긴 지금, 절반은 선천적으로 절반은 후천적으로 이 재능이 나왔다. 어디를 바라보든 나는 그림/이미지 하나를 보아냈으며, 내 눈에 뜨인 것, 나를 기쁘게 한 것을 붙잡아두려 했다. 그리하여 서툴게 그리기 시작했다.

붓으로만, 그림으로만 그리지 않았습니다. (사실 붓으로도 2500여 점을 그렸지요.) 글로 쓴 그림, 그것이 예로부터 시詩 아닌가요. 괴테는 어려운 문제도 그렇게 정리했습니다. 그것이 무엇인지를 선명하게 포착했습니다.

세상의 문제가 회피해서 해결될 리 없습니다. 정면으로 대결해야 합니다. 그렇다고 곧바로 답이 찾아진다고 생각하면 안 됩니다. 생각해보면, 세상의 문제에 원천적으로 답은 없습니다. 답이 있고 해결책이 쉬이 있으면 그게 문제이겠습니까. 얼른 답을 내려고, 답을 내어 그것을 벗어나려고 모두 노력하지만, 때로는 발버둥을 치지만, 쉽게 찾아진 답은 장기적으로 계속 답이 되기 어렵고 그래서 답이 아닙니다. 그런데 그 문제가 무엇인지 알면, 문제의 전모를 바르게 파악하면, 기이하게도 생겨나는, 문제를 감당해가는 힘. 그 힘이, 답은 없지만 그중 답의 근사치일 수 있습니다. 그 힘으로 모색이 이루어지며, 그 길에서 쌓이는 것이 있기 때문입니다. 그리고 그러다보면 그 문제를 안고 살아가는 슬기가 생기기도 하고, 문제 쪽에서 슬그머니 알아서 풀리는 일이 생기기도 합니다.

그런데 괴테는 때로는 정말로 취한 사람처럼 쓰기도 했습니다. 젊은 날에도 노년의 끝머리에서도 마찬가지였지요. 물증들도 남아 있습니다. 똑바로 놓을 겨를도 없어 비스듬히 놓인 채로 그 위에다 마구 글을 썼던 냅킨, 차분히 앉을 겨를도 없어 절반쯤 선 채로 엉덩이만 붙인 채 글을 쓰곤 했던 젊은 날의 집, 글 쓰던 책상 앞의 자전거 안장 모양의 높은 의자, 뒷장에다 마구마구 글을 써나가다가 때론 종잇장이 절반쯤 찢기기도 한 해 지난 달력……

74세의 노시인이 1823년에 휘갈겨 쓴 「마리엔바트의 비가」의 초고가 담긴 이 수첩 달력은 몇 년 전 런던의 고서점에서 발견되어 독일로 되돌아오기도 했습니다.

괴테는 젊음이 취기라 했습니다.

취해야 하리, 우리 모두!
술 없이도 취하는 게 젊음.

괴테는, 적어도 글을 쓸 때는 늘 취해 있었던 것 같고, 그런 의미에서 평생 젊었던 것만 같습니다. 경탄을, "놀라움"을 잃지 않은, 굳어지지 않은 사람은, 굳이 괴테 아니어도, 연령과 상관없이 그런 것 같기도 합니다. 게다가 나누어줄 수도 있다고 합니다. 몽땅 가져가라니! 그저 유쾌하게 받습니다.

—

언젠가 열 살 조금 넘은 나라에 가본 적이 있습니다. 초청장을 받았을 때 스팸메일인 줄 알고 지울 뻔했지요. 이름마저 너무 생소했기 때문입니다. 그 나라의 이름은 에스토니아입니다. 그곳에 가서 겪은 일들을 그때 나는 조금 기록했고, 그 기록이 저의 책 『시인의 집』의 첫 장이 되었습니다. '발트해 연안의 부동산'이라는 소제목이 달렸는데, 물론 땅 이야기는 아니고 열성적인 사람들 덕분에, 또 시를 통하여 넓혀진 정신적 영토에 관한 이야기였습니다. 냉전의 종식과 더불어 소련으로부터 독립을 쟁취해낸 작은 신생국 사람들의 나라 기틀을 잡으려는 열의와 민족적 자부심은 정말 인상 깊었습니다. 손에 손을 잡고 노래하며 발트 3국 사람들이 전체 영토에 한 줄로 늘어섰기에 '노래 혁명'이라고 불리는 그 독립의 이야기도 참으로 놀라웠습니다.

학회가 열린 곳은 에스토니아의 수도 탈린에서 버스로 3시간 거리쯤 되는 대학 도시 타르투였는데, 작은 학회 하나를 꾸리면서 온 세계로 촉각을 뻗어 다양한 전문가를 모아다가 따뜻하게 맞아주고 귀기울여주고 대접하는 데서 나라를 세우고 세계로 펴나가려는 열의가 선연했습니다. 오랜 학문적 전통도 엿보였지만 자국어와 러시아어 정도가 통용될 줄 알았는데, 학회 동안 영어, 독일어, 프랑스어 등 여러 유럽 언어가 통역 없이 자유롭게 쓰여 더욱 놀랐지요.

그곳 사람들도 먼 극동에서 온 내가 들려준 이야기가 인상 깊었던지 그 글을 나중에 자국 학술지에 실었음은 물론, 영문이었던 강연문을 스페인어로 번역하여 명망 있는 스페인 학술지에 실어주기까지 했습니다. 저로서는 참 놀라운 일이었습니다. 어느 날 뜻밖에 받아들었던, 스페인에서 온 아름다운 학술지는 처음의 초청장 못지않게 잊히질 않았습니다. 세월이 가도 고마움이 새로워 그 마음을 조금이나마 전할까 싶어 『시인의 집』을 조금 독일어로 번역해서 책과 함께 에스토니아로 우송하기도 했습니다. 그랬더니 감사 인사에 이어 또다시 초청장이 와서, 한 번 더 가보게 되었습니다.

다시 가보니 그사이 이제 스무살 중반이 훌쩍 넘은 나라는 썩 자리가 잡혔고, 또 저에게도 예전보다 더 많은 것이 보였습니다. 나라의 나이는 아직 젊디젊지만 에스토니아, 또 발트해 3국 전체는 오랜 전통을 가진 곳이고, 특히 오래된 타르투대학(1632년 설립)을 중심으로 한 학통도 대단했습니다. 그런 곳임에도 겪어낸 근세사가 험난하고 고난에 찼었지요. 오랫동안 게르만의 기사령이었고 18세기에는 러시아에 복속되었다가, 제1차세계대전 이후 독립했으나 곧바로 히틀러에게 점령당해 고초를 겪고 연이어 혹독한 스탈린의 압제를 겪었습니다. 그리고 냉전의 종료와 더불어서야 독립을 이루었습니다. 독자적 언어에, 독자적 화폐까지 만들어 쓰다가 그사이 유로존으로 들어왔지요.

130만 명 정도의 사람들이 세워놓은 400살 가까운 대학의 깊이 파인 돌계단을 오르내리며, 학자들을 만나며, 대학이 키운 사람들, 사람이 키운 대학에 대해 많은 생각을 하게 되곤 했습니다. 고풍한 대학 옆 건물 빈 벽에다는 열린 창문과 교수들의 모습을 그려놓았는데, 학생들을 기다리고 맞이하는 교수들의 모습입니다. 이곳 시내에, 또 수도 탈린의 시내 한가운데도 민족시인 빌데의 동상이 있고, 대학 교정에는 무명으로 요절한 또 한 시인 페터젠의 동상도 서 있습니다. 공부를 더 하겠다고 먼 라트비아 수도 리가까지 걸어서 갔던 청년이라 괴나리봇짐에 지팡이를 든 모습으로 동상을 세웠습니다. 한 민족의 언어, 문학, 배움의 열성이 그렇게 기려지는 것이 보기 좋아서 그 길을 저도 한번 가보았습니다. 차마 걷진 못하고 고속버스를 탔는데, 그럼에도 세 시간 거리가 넘었습니다.

사람이 얼마 안 되는 곳이라 그런지 학자 한 사람 한 사람의 학문과 열성도 그만큼 돋보였습니다. 어느 날 식사시간에 옆자리에 앉은 젊은 교수에게, 들고 갔던 『시인의 집』 한 권과 번역을 건넸는데, 그 자리에서 조금 살펴보더니 잠시 자리를 떴다가 돌아오더군요. 돌아와서 하는 말이, 그 글을 자기가 에스토니아어로 번역해서 현지 문화저널에 실어도 되겠느냐는 것이었습니다. 그사이 게재 확약까지 받고 왔다는 것이었습니다. 저는 놀라워서 그 사람의 얼굴만 쳐다볼 따름이었습니다. 타르투대학은 기호학의 대가 유리 로트만의 아성이라, 그의 책 『마음의 우주』를 현지에서 차근차근 읽으며, 결코 기호학자에 그치지 않는 그 넓은 식견과 안목이 어떻게 가능했는가 하는 물음이 계속 들었는데, 마침내 그 수수께끼가 풀리는 것 같았습니다. 단순히 문화뿐만 아니라, 스카이프며 비트코인 등 작은 나라가 주력해서 개발해가는 디지털 전략들도 눈여겨보게 되었습니다.

나중에 독일에 머물고 있을 적에, 에스토니아 대통령이 한국에 온다는 소식을 듣고 그 강연을 들어야겠다는 생각이 들어 서둘러 귀국했습니다. 제가 무슨 정치인도 아닐뿐더러 독일에서의 일정이 며칠 앞당겨도 될 만큼 여유 있는 것도 아니었고, 규모가 큰 행사일 텐데 청중석에 저 한 사람이 더 있느냐 없느냐가 문제될 리도 없는데 무리해서 왔습니다. 북구 발트해 해변의 한 작은 나라에 대한 애정이 저도 모르는 사이 그만큼 깊어졌나봅니다.

에스토니아 대통령에게 물어보고 싶었습니다. 대체 국민 교육을 어떻게 하느냐고 말입니다. 그 밖에도 몇 가지 질문이 있었지만 시간이 부족했고, 무엇보다 대통령 자신의 연설에서 이미 답을 추론해볼 수 있었습니다. 대통령이 직접 맨 먼저 말한 것은 국민의 다언어 교육이었고, 다음은 그야말로 태어나면서부터 시작되는 디지털 환경의 조성이었습니다. 유럽연합이나 유엔과의 긴밀한 관계 유지도 언급했고, 세계와의 네트워크 조성에 주력함을 누누이 강조했습니다. 그야말로 작은 나라에 적합한 생존전략이었습니다.

그런 문맥에서 떠오르는 디지털 시큐리티 문제는 만국의 안건이라 어디서든 이야기될 수밖에 없지만, 또한 그에 못지않게 세계가 여전히, 아니 더욱 함께 지켜가야 할 물리적인 안전, 그것을 다루는 사람들의 기술에 걸맞은 인격적 성숙이며 나라의 안전에 대한 생각도 새삼 다시 생각해보는 자리가 되었습니다.

한국에 돌아와서도 푸틴이 위세를 떨칠 때마다, 기어코 슬그머니 크림반도를 차지해버렸을 때는 더더욱 걱정이 되곤 했습니다. 그런데 다시 보니 이런 사람들이 있는 한, 나라가 지켜지겠다는 믿음이 생겼습니다. 무엇보다 어렵사리 독립을 쟁취해 이제 나라를 세우고 지켜가려는, 신생국 국민다운 민족적 열의가 참 아름답게 비쳤습니다. 그야말로 괴테가 말하는 젊음을 간직한, 나라의 탄생이 얼마 되지 않았음에도 유구한 전통을 성실하게 지켜나가는, 동시에 훌륭한 것을 베풀고 서로 나누려는 기분 좋은 활력이 가득한 나라라는 생각이 들었습니다. 그러나 그런 사람들이 더는 없을 때, 진정한 민족적 열의가 소진되었을 때 이런 작은 나라가, 에스토니아든 어디든, 강대국의 먹이가 되는 건 그야말로 하룻밤 일일 수 있고 그렇지 않더라도 자멸의 내리막길을 가는 것은 아주 잠깐일 것입니다.

오스트리아 인스브루크대학에 잠깐 가 있을 적 이야

기입니다. 알프스 석회암 지대를 흘러오느라 흰빛이 섞여 고운 옥색인 인Inn강이 흐르고 그 강변에서 곧바로 티롤 알프스가 치솟아 있는 곳이지요. 거대한 병풍처럼 산이 도시를 둘러 어디에서든 하얗게 눈 쌓인 장엄한 봉우리들이 보입니다. 시내 한 중심에서 톱니바퀴 전철을 잠깐 타고 한 차례 케이블카로 갈아타면, 도합 40여 분 만에 3000미터 정상에 올라 아득한 발밑의 아름다운 도시며 장엄하게 펼쳐진 시원의 알프스 설원까지 한눈에 볼 수 있습니다. 매일 아침, 그 고운 옥색 강을 따라 눈 쌓인 연봉을 바라보며 걸어서 학교에 가서 연구실 문을 열면, 또 다시 눈 쌓인 봉우리들이 큰 창문이며 눈을 가득 채워 옵니다.

책상에 앉으면, 일이 편하도록 데스크톱 곁에다 가지런히 갖추어둔 색색깔 문구들, 포스트잇이며 형광펜, 클립이며 지우개, USB 스틱이 눈에 들어오고, 잠깐 온 사람에게 방을 내주고 명패도 달아주고, 강연에는 이 큰 대학 총장이 와서 인사까지 해준다 하고…… 이렇게 마음 써주는 이 학교가 마치 오래전부터 제 학교였던 것 같은 기분이 들었습니다. 책상 위에는 한 차례에 불과한 그 강연을 위해 만들어둔 아주 고운 네 쪽짜리 안내장이 놓여 있고, 이곳 '문학의 집'의 행사 안내책자도 있었습니다.

문학의 집 행사를 저와 함께한 사람은 이라크 문인 나젬 발리였는데, 독일 주요 언론에서 자문을 구하는 이라크통이며 최근에 『바그다드 말보로』며 『바그다드: 메트로폴의 추억』 같은 작품으로 험한 전장인 이라크의 내부, 부서진 그곳에 그럼에도 사는 사람들의 이야기를 전해주는 중요한 역할을 하고 있습니다.

나젬 발리와 제가 함께 이야기한 주제는 오늘날 '세계문학'의 변화된 함의였습니다. 단상토론이겠거니 했는데 아니었습니다. 행사 제목이 '월요일 아침밥'입니다. 단상은 아예 없고, 같은 평면에서 청중과 나란히 앉아 커피며 크루아상 같은 간단한 빵을 함께 들며 아침 9시부터 두 시간 동안 편안하게 이야기를 나눈다고 합니다. 얼마나 따뜻한 행사인가요. 행사장은 공공기관이라기에는 너무도 아름답고 아늑한 공간이었습니다.

그러나 월요일 아침에 세상에 누가 그런 데를 올 생각을 할까요. 행사를 시작한 사람들도 당연히 그렇게 자문하며 시작했다고 합니다. 그런데 그 자리, 그 '월요일 아침밥'은 벌써 6년째 늘 가득 차고 급기야 단체손님들마저 이어져, 못 들어오고 발길을 돌려야 하는 사람들이 제법 있다고 합니다. 오스트리아 사람들의 문학에 대한 열정이 참으로 놀라웠습니다. 이런 귀한 자리를 위해 무얼 준

비해야 하나 싶었습니다.

세 가지를 들고 갔습니다. 첫째는 역시나 괴테의 것입니다. 독일 바이마르의 시인, 화가들이 앞장서고 열 나라 번역가들이 모여 만든 아주 아름다운 책입니다. 괴테의 시구 하나를 골라 한국어를 포함한 많은 언어로 번역하여, 그 하나하나에다 열한 명의 화가들이 그림을 그린 것입니다. 둘째는 빈의 좋은 출판사에서 나온 정영문의 소설 『바셀린 붓다』의 독일어 번역본이었습니다. 책에 담긴 사유가 놀랍도록 깊고 넓으며 스쳐가는 생각의 편편에 드넓은 세계가 스며 있다는 생각이 들었습니다. 셋째는 독문으로 쓰인 나의 책 『시어詩語의 경계가기』였습니다. 온갖 변경의 문인들이 다루어져 있기 때문입니다. 루마니아 차우셰스쿠 치하에서, 레바논 골짜기에서, 이스라엘의 황야에서, 몽골의 초원에서 글을 써온 사람들, 그러나 하나같이 시에서 정신의 자양을 취하고 험한 삶을 견딘 사람들입니다. 그 책을 쓰는 동안 제가 찾아갔던, 이스라엘 시인 만프레드 빙클러의 마지막 사진까지 보여줄 수도 있으리라 생각했습니다. 재작년에 그가 타계했을 때, 이스라엘 신문에 실린 그의 마지막 사진에는 탁자에 놓인 저의 책이 찍혀 있고 기사에도 언급되어 있었습니다. 누군가가 자신의 작품에 이끌려 그 먼 곳에서 왔고 책의 한 챕터를 할애했다는 것이 노시인에게 큰 기쁨이었겠지요. 그리고 이곳 사람들이 아끼는 시인, 바로 게오르크 트라클을 다루기도 했습니다.

오늘날의 세계는 급속도로 변화하며 온갖 문제들이 복잡하게 뒤엉켜 폭발할 듯 위태롭습니다. 그러나 '문학'이 사람의 마음속으로 스며들고 그 갈피의 아픔까지 봄으로써 얼마나 구체적으로 사람들을 이어줄 수 있는가를 나는 젊은 국가 에스토니아의 사람들을 생각하며, 그리고 오스트리아의 '월요일 아침밥' 행사를 떠올리며 생각해보곤 합니다.

서둘러 가라,
내 사랑에게로

Eile denn
zu meinem Lieben!

서둘러 가라, 내 사랑에게로
부드럽게 그 마음에다 말하라
하지만 그이 슬프지는 않게
내 고통은 숨겨다오.

하지만 말해다오, 겸손하게 말해다오,
그의 사랑이 나의 생명이라고.
우리 둘의 기쁜 감정이
나, 그의 곁에 있게 해주리.

서원 뒤뜰 한켠에는 '푸른 꽃 뜰'이 있습니다. 그리고 그곳에 『서·동 시집』에 수록된 시 한 편의 몇 구절이 돌에 새겨져 있습니다. 푸른 꽃 뜰이라는 꽃밭이 거기 있는 건, 괴테 생가에서 가져온 푸른 꽃 씨들이 싹터 조성되었기 때문입니다. 푸른 꽃은 독일 낭만주의의 상징인데, 이 뜰의 독일어 표기도 '작은 낭만주의 뜰Romantik-Gärtchen' 입니다. 여백의 후원이 조성될 때 독일 프랑크푸르트 괴테 생가 바로 옆집 터에는 '낭만주의 박물관Romantik-Museum'이 지어지고 있었습니다. 그것을 위해 프랑크푸르트 괴테 생가에서 준비한 씨앗을 가져와 찾아온 독일 손님들, 친구들과 함께 뿌린 것입니다. 그러니까 이 뜰의 꽃들은 낭만주의의 상징, 그리움의 상징일 뿐만 아니라 동서의 만남의 상징이기도 합니다. 그런데 낭만주의자들의 시보다 오히려 괴테의 시를 가져온 건, 시구에서 배어 나오는 조용한 그리움이 절절해서입니다. 이 그리움의 시구가 든 괴테의 『서·동 시집』은 동과 서의 어우러짐이 여러모로 두드러지고, 오리엔트 연구가 돋보이며, 얽힌 사연 또한 참으로 많은 책입니다. 그 책의 해제를 빌려오며 이 이야기를 시작해보겠습니다.

『서·동 시집』(1819, 1827)에는 시 239편이 열두 묶음으로 나뉘어 있고, 방대한 산문도 첨부되어 있습니다. 괴테가 65세 때 14세기 페르시아 시인 하피스—하피스의 시집은 현지에서 지금도 책이라곤 없는 여느 집에도 코란과 나란히 놓여 있다고 합니다—를 읽음으로써 이 책은 시작되었고, 받은 영감으로 새롭게 만개한 시적 감성과 지혜가 한껏 어우러져 있습니다. 괴테는 평생 그침 없이, 헤아리기도 어려운 편수의 시를 썼지만 본인 손으로 제대로 묶어서 펴낸 시집은 『서·동 시집』뿐입니다.

『서·동 시집』의 중심은 사랑의 시편인데, 실제 사랑이 추동력이 되었습니다. 현실에서는 함께할 수 없는 사람들이 함께 하피스의 시를 읽었고, 자신의 마음을 대신할 시구를 찾아 쪽수, 행수를 적은 숫자 쪽지를 주고받은 정도가 그들의 현실적 교류의 거의 전부였지만, 그 사랑은 페르시아의 옷을 입은 주옥같은 불멸의 시편들로 남았습니다. 그 시들은 대개 「줄라이카 서」 「사랑의 서」에 모여 있고, 정신적인 오리엔트 행이 담겨 있는 시편들에는 하피스의 흔적과 시인의 시적 감각, 그리고 낯선 것에 한없이 열려 있는 시야가 담겨 있으며, 성찰의 시편들에는 노시인의 지혜가 영롱하게 결정結晶되어 있습니다. 그런 열두 묶음의 「서書」를 뒤잇는 산문 「보다 나은 이해를 위하여」는 오리엔트학의 기본이 되는 다채로운 문제의 연구서입니다.

—

『서·동 시집』은 참 사연이 많은 책입니다. 좀더 자세히 말해보면 이렇습니다. 38년간 도서관 감독을 하며 온갖 책을 많이도 읽던 괴테의 손에, 1814년 여름 막 출간된 14세기 페르시아 시인 하피스의 방대한 번역본이 들어왔습니다. 그 여름 괴테는 오래전에 떠났던 고향 프랑크푸르트를 찾아가는데, 고향의 지인이자 열렬한 독자인 은행가 빌레머 씨 댁에 묵게 됩니다. 빌레머 씨는 딸의 이름의 스펠링을 괴테의 소설 『빌헬름 마이스터』의 등장인물과 같게 고칠 만큼 괴테의 열성 독자인 동시에 오랜 지인이었지요. 마침 65세 생일을 그 집에서 보냈고, 다음해에 한번 더 잠깐 찾아갔습니다.

빌레머 씨에게는, 자기 딸과 함께 친구도 하며 교육도 받게 한 양녀 마리아네가 있었습니다. 유랑극단에서 상당한 돈을 지불하고 데려온 여배우의 딸이었는데, 똑똑하고 사랑스러운 아가씨였던 것 같습니다. 처음 괴테가 그 집에 머물 때 이 영리한 아가씨는 괴테가 읽는 두꺼운 하피스 시집을 속속들이 함께 읽어, 같은 책을 읽은 사람들끼리 교감이 이루어집니다. 급기야는 하피스 시집의 쪽수, 행수만을 적은 쪽지만으로도 자신의 마음을 표현하게 되지요. 시인이 아니던 마리아네도 자기의 마음을 대신할 수 있는 시구를 찾아 두꺼운 책을 읽고 또 읽다보니, 자꾸 시를 쓰게 되었습니다. 그러나 다음해 괴테가 다시 프랑크푸르트를 찾았을 때는, 양녀인 마리아네가 이미 빌레머 씨의 아내가 되어 있었지요.

괴테와 마리아네가 함께한 독서는 노년의 괴테에게서 다시 시인의 감성을 활짝 열었고 마리아네에게서는 없던 시인이 깨어났습니다. 이때 쏟아져나온 시들이 『서·동 시집』으로 묶이게 되는데, 그 중심이 「줄라이카의 서」이고 줄라이카라는 이름 뒤에는 마리아네가 있습니다.

사실 『서·동 시집』 안에는 마리아네의 시도 몇 편 들어가 있습니다. 별도의 표시가 없는 이 시들 중 두 편을 괴테의 충직한 비서 에커만이, 그 많은 시들 중에서, 가장 좋은 시로 꼽기도 했지요. 바로 그 시에 슈베르트가 곡을 붙이기도 했습니다. 그 시들이 「동풍시」와 「서풍시」입니다. 앞서 인용한 구절이 바로 제목이 없는, 속칭 「서풍시」의 일부지요. 즉, 괴테의 시가 아니라 마리아네의 시입니다. 감성적, 시적 교류가 있었으나 사회적 거리와 정중함을 두 사람은, 특히 괴테는, 결코 잃지 않았습니다. 그 집을 떠나고 나서는(그가 그 집을 떠날 때 하이델베르크까지 전송을 온 내외를 잠깐 만나고는), 죽을 때까지 마리아네를 다시 만난 적이 없습니다.

「동풍시」는 마리아네가 그렇게 마지막으로 괴테를 만나러 하이델베르크로 갈 때 쓴 것이고, 「서풍시」는 하이델베르크에서 돌아오며, 또 돌아와서 쓴 것입니다. 괴테는 편지조차도, 빌레머 씨나 그 딸에게 보내어 간접적으로 소식을 전했을 뿐 직접 쓰는 일이 거의 없었습니다. 그렇건만 마리아네가 괴테에게 보낸 편지들은, 긴 세월을 고이 간직했다가 임종을 1년 앞두고 정성스레 묶어서 돌려보냈습니다. 그리고 그 묶음에는 이런 쪽지가 덧붙여졌습니다.

사랑스럽던 이의 눈 앞으로
이걸 썼던 손길에게로—
언젠가 뜨거운 갈망으로
기다리고 받던 것
그것들이 솟구쳤던 가슴에로
이 종이들은 돌아가거라.
늘 사랑에 가득차 거기 있던 것,
가장 아름다웠던 시간의 증인들.

『서·동 시집』은 출간되어 큰 주목을 받았지만 그 시집에 등장하는 줄라이카가 누구인지는 아무도 몰랐습니다. 만난 지 40년도 더 지나, 괴테가 죽고, 빌레머 씨도 죽고, 모든 관계자가 죽은 뒤 '할머니 가면을 잠깐 쓴 듯' 여전히 고왔다는 마리아네가 청년 빌헬름 그림(그림 형제 중의 형입니다)에게 자신이 줄라이카라고 밝혀 그 모든 것이 세상에 알려지게 되지요. 그런 시적 교류가 이루어진 빌레머 씨의 게르버뮐레 집은 지금도 여전히 프랑크푸르트 마인강가에 서 있고, 마리아네와 괴테가 마지막으로 만난 하이델베르크의 성곽 난간에는 괴테의 시구들을 조합하여 쓴 마리아네의 시구가 석판에 새겨져 있습니다. 두 사람 사이에 오간 글들이며 크고 작은 선물들이 독일의 이곳저곳 괴테 관련 박물관들에 남아 있고, 마리아네가 괴테를 위해 만들어 '줄라이카'라고 페르시아어로 수까지 놓은 슬리퍼는 스위스의 구두 박물관에 보관되어 있습니다.

『서·동 시집』에 한 편의 시로 등장하는 「은행나무」 시는, 괴테가 곱게 정서하여 책갈피로 누른 은행잎 두 장을 엇갈려 붙여 보낸 원고 그대로 간직되어 있는데, 괴테가 바이마르에 심은, 지금은 거목이 되어 서 있는 은행나무는 바이마르 관광객들이 만나는 출발점입니다. 그래서 바이마르에는 은행나무를 소재로 한 온갖 관광상품이 가득합니다. 수많은 다른 시편들이 남긴 정신적 유산들이야 말할 필요도 없거니와 그중 하나인 시 한 편 덕분에 나무 한 그루도 그야말로 효자 나무로 서서 도시에 보탬이 되고 있습니다.

번역의 뒷이야기 역시 만만치 않습니다. 『서·동 시집』과 번역자의 인연이 참으로 끈질기기 때문입니다. 독문학 공부를 시작한 지 몇십 년이 지난 뒤 언젠가 난해한 괴테의 『서·동 시집』을 괴테 연구가들과 더불어 읽었는데, 2~3년에 걸쳐 원전을 완독하고 난 후 끝에 첨부된 「유고」 편을 읽다가 몹시 놀랐습니다. 이는 괴테 자신이 시집에 수록하지 않은 시들 중에서 편집자들이 저자가 버린 것이 아까워서 나름으로 선별하여 거두어넣은 것들인데, 그중에서 언젠가 읽어본 적이 있는 시를 마주쳤던 것입니다. 헤아려보니 40여 년 전 중학생 시절에 읽은 시였습니다. 혼자 서울에서 살다보니 손에 닿는 건 무엇이나 읽던 때였지요. 괴테라는 사람이, 독문학이라는 게 세상에 있다는 걸 알 리 없었건만, 어디에선가 읽은 그 시에

담긴 알 듯 모를 듯 수수께끼 같은 그림이 긴 세월을 지나서도 지워지지 않고 남아 있었던 것입니다.

나를 울게 두어라! 밤에 에워싸여
끝없는 사막에서.
낙타들이 쉬고 몰이꾼도 쉬는데,
돈 셈하며 고요히 아르메니아인 깨어 있다
그러나 나, 그 곁에서, 먼먼 길을 헤아리네
나를 줄라이카로부터 갈라놓는 길, 되풀이하네
길을 늘이는 미운 굽이굽이들.
나를 울게 두어라! 우는 건 수치가 아니다.
우는 남자들은 선한 사람.
아킬레스도 그의 브리세이스 때문에 울었다!
크세르크세스 대왕은 무적의 대군을 두고도 울었고
스스로 죽인 사랑하는 젊은이를 두고
알렉산드로스 대왕이 울었다.
나를 울게 두어라! 눈물은 먼지에 생명을 준다.
벌써 푸르러지누나.

아르메니아 사람은 대체 어디에 있는 무엇을 하는 사람일까 하는 낯설음이 어렴풋이 기억에 남아 있었고, 무엇보다 남자들이 운다는 게 신기해서, 더구나 우는 남자들이 선하다니 참 신기하게 느껴졌었습니다. 아킬레우스는 그래도 들어는 본 이름이었지만 브리세이스가 누군지 궁금해서 『일리아드』를 찾아 읽었는데, 수수께끼가 초장에 풀려버려 책을 굳이 다 읽지 않았었습니다. (무적의 대군을 두고도 그들마저 언젠가 사라질 것을 생각하며 무상감에 눈물 흘리는 대왕의 심정이야 이해되었을 리 없고, 알렉산드로스 대왕이 왜, 어떻게 울었는지도 뒤늦게 산문편을 읽고야 알았지요.)

『서·동 시집』에 대해 괴테 탄생 250주년이던 1999년에 독일 뒤셀도르프 괴테 박물관에서 강연이 있었는데, 그 이야기로 강연을 시작하며 그렇게 강한 기억을 남기는 시의 힘이 어디에 있는가를 살폈습니다. '시어의 힘'이라는 주제는 후에 제가 써낸 독일어 저서들의 시작점이 되었고, 그후로도 같은 주제로 쓴 연구서가 세 권이나 더 나왔습니다.

아무튼 그 강연 덕에 놀라운 분들을 만나게 되었는데, 그분들의 초대를 받고 댁에 가서 읽은 『서·동 시집』 초판본(1819)이 마침내 제게 오는 일마저 생겼습니다. 또한 그분들 덕에 평생 찾아 헤매던 스승을 만나기도 했습니다. 번역하지 않을 수 없는, 출간하지 않을 수 없는 많은 이유들이 생겨난 것이지요.

그러나 막상 『서·동 시집』의 번역작업을 시작했을 때, 방대한 기록에 매료되어 번역을 하면서도, 그러나 낯설기만 한 또하나의 세계를 옮겨오는 것이 너무나도 불확실한 일이라, 번역을 하는 동안 스스로의 눈으로 확인해보기 위하여 두 발로 헤매었던 세계가 괴테의 정신적 오리엔트 행에 비견될 수 있을 만큼이나 넓어, 주마등처럼 눈앞을 스쳐갑니다. 괴테는 가보지도 않고 읽기만 하고도 명료하게 그려내었던 세계의 지역들을 저는 이해나마 하려고 힘닿는 데까지 그 세계를 발로 누볐던 것입니다.

알 수 없는 시의 매력에 차츰 빨려 들어가면서도, 하피스라는 이름조차 그때 처음 들었지요. 손 뗄 수 없을 만큼 매혹적이기는 했지만, 아무리 그러했어도 서양, 옥시덴트도 낯설기만 하다가 이제 겨우 조금 알겠는데, 맙소사, 또 오리엔트라니! 그러던 어느 날, 그 낯선 14세기 페르시아 시인의 시집이 하버드 대학 박물관에 있다는 기사를 아주 우연히 보게 되었습니다. 곧바로 먼 길을 달려갔는데, 불행히도 그 박물관은 마침 수리중이었습니다. 설령 열렸던들, 전시되어 있는 페르시아어 희귀본으로 제가 무얼 할 수 있었을까요. 하피스라는 사람이라도 정말 있었던 사람인지 그것마저 불확실해서, 무엇이든, 그 실재만이라도 알려줄 물증이 필요했던 것이지요. 그토록 모든 게 추상적이었습니다.

번역을 하는 동안, 또하나의 거대한 세계가 열려 오는 듯했습니다. 괴테가 『서·동 시집』을 쓰던 시절에 읽었던 온갖 오리엔트 관련서들까지 찾아 읽느라 프라이부르크, 바이마르 등지의 출입도 어려운 고문서실에 숱한 나날을 앉아 보낸 후 좋은 기회가 생겨, 마침내 동과 서의 접점으로 달려가고 말았습니다. 옛 페르시아 땅으로 달려갈 수는 없었습니다. 아직도 여성들이 차도르를 감고 다녀야 하는 곳을 눈에 띄는 아시아 여자가 혼자 가서 눈길 끌며 돌아다니고 싶진 않아서였습니다.

그 대신 두 문화가 만나는 접점, 충돌 지점이라도 내 손과 발로 더듬어봐야 이 장려한 글을 조금이나마 바르게 옮길 수 있을 것 같았습니다. 두 대륙 위의 도시, 이스탄불에서 출발하여 터키 서남쪽 끝, 십자군의 전진 기지였던 보드룸으로 가서 거기서부터 현재 터키의 서쪽 해안선을 따라 북상하며, 신화와 얽혀 있는 필라델피아(미국에도 같은 이름의 도시가 생겨났지요)나, 에페소스(번역 성서에서는 '엡베소'라고 표기하지요) 같은 초기 기독교 유적

지들을 더듬어가며 트로이 유적을 거쳐, 보스포루스해협을 건너, 사도 바울이 유럽대륙에 첫발을 놓았던 카발라 항구에 한참을 앉았다가, 알렉산드로스 대왕의 본거지 테살로니키를 지나, (카이사르와 폼페이우스의 결전이 벌어졌고, 『파우스트』 2부 2막의 무대가 되기도 했던) 파르살로스 벌판, 페네오스 강변을 지나, 그리스 해안선을 따라 다시 남쪽으로 내려오며 신화의 장소들을 더듬다가, 아테네를 거쳐 크레타섬까지 가는 대장정이었지요.

이스라엘 민족이 헤맨 광야의 크기를 가늠하러, 에돔 땅이며 광야의 오아시스 샘물이며 아르논 계곡이 요르단강과 닿는 지점이나마 눈으로 재보러 가기도 했고, 이슬람과 기독교가 함께하며 다투는 접점, 예루살렘의 통곡의 벽 위 황금성전을 마냥 맴돌기도 했고, 「낙원의 서」 끝머리에 나오는 시의 소재인 잠자는 일곱 성인의 설화를 따라 에페소스의 산기슭이며 멀리 독일 바이에른의 작은 마을을 해매기도 했고, 배화교도들의 자취를 찾아 그 후예들이 건너가 있는 인도에서 뭄바이 시내 한복판 '침묵의 탑' 위를 떠돌던 새들, 그 여전한 조장鳥葬의 흔적을 오래 바라보기도 했습니다. 파리의 아라비아 박물관에서 탈리스만 같은 온갖 부적들이며 섬세한 점토 하수 거름망을 여러 시간 들여다보았습니다. 성서의 땅은 거듭거듭 헤맸지요. 그런 일들이 주마등처럼, 파노라마처럼 스쳐갑니다. 『서·동 시집』은 한 구절의 이해를 위해 그렇게 어디든 달려갔을 만큼 매혹적인 텍스트였습니다.

그런 온갖 헤메임들 덕분에, 그 귀한 글의 번역을 조금은 더 자신을 가지고 마무리할 수 있었는지 모르겠습니다. 그만한 공을 들여야 했다고 생각합니다. 결과물을 떠나서 무엇보다 저 자신이 배운 게 너무 많았지요. 극동과 유럽 사이, 특히 조금은 아는 듯도 한 인도와 유럽 사이, 완전히 공백으로 남아 있던 거대한 지역의 역사와 문화, 문학 등등이 갑자기 동영상처럼 살아나 움직였으니 말입니다. 덕분에 번역만 공들여 한 게 아니고 그에 관한 연구서를 그사이 한국에서 한 권, 독일에서 한 권, 그렇게 두 권이나 펴냈습니다. 국내에서 낸 한 권에 다 못 들어간 내용이 또 독일어로 쓰인 것이었습니다. 공들이지 않을 수 없었던 이유는 그 밖에도 여럿 있었습니다. 언젠가 프랑크푸르트를 향하는 기차 안에서 눈 밝은 한 신사를 만났고, 다음해 뒤셀도르프에서는 강연을 마친 뒤 바로 그분의 아내였던 분의 간곡한 초청으로 그 댁에서 하룻밤을 묵으러 간 일이 있었고, 손님방 책상에 놓여 있던 책들 때문에 그걸 다 읽고 떠나느라, 하룻밤이 열하룻밤이 된 일이 있었고, 다시 그분들의 주선으로 남독일 작은 시골 마을에서 열린 작은 블록 세미나에 참석하는 일이 있었고, 그곳에서 평생을 찾아 헤매던 스승을 만나는 일이 있었으니 말입니다.

그 모든 일의 중심에 한 권의 책이 있었으니, 그 책이 바로 『서·동 시집』입니다. 앞서 이야기 했던 그 많은 사연이 얽힌 귀한 책, 『서·동 시집』 초판본은 지금 제가 지키는 여백서원에 와 있습니다. 그러니 그 고마운 책을 위해 나도 뭔가를 해야 하지 않을까 하는 마음에 『서·동 시집』을 옮겼고, 수없이 다듬었고, 연구서들을 펴냈고, 지금 여러분들을 위해 이 글도 쓰고 있는 것 같습니다.

—

꿈을 가지라는 그런 추상적인 말 대신, 뜻을 가지면 사람이 어떤 높이와 넓이에 이를 수 있는지, 또 그런 사람은 자기 자신을 어떻게 키웠는지를 구체적으로 보여주는 실물 예 하나를 젊은이들을 위해 만들고 싶다는 생각을 오래 해왔습니다. 그러나 내가 무슨 일을 더 벌일 처지는 아니라, 그런 한 인물의 삶을 보여줄 수 있는 아주 작은 마을의 모델을 만들어, 서원 한쪽에다 둘 생각으로 밑그림을 그려두었습니다. 어쩌면 『서·동 시집』으로부터 시작되었다고 해도 과언이 아닌 그 마을의 이름을 '괴테마을Goethe-Dorf'이라고 이름까지 붙여두었습니다. 그렇게라도 해두면, 언젠가는 누군가가 눈여겨보리라 생각하면서 말입니다.

몇 년 전에 괴테의 도시 독일 바이마르에서 강연 끝머리에 그 이야기를 잠깐 덧붙였다가, 그만 큰 독지가를 만난 일이 있었습니다. 생면부지의 분이, 그 꿈 꼭 이루라며 건네주신 돈봉투를 들고 돌아와 '스무 명을 위한 파우스트 극장'이라는 작은 시설을 지어, 기증자의 뜻을 기리는 예쁜, 작은 동판도 하나 만들어 걸었습니다. 그렇게나마 고마움을 표하고 싶었던 것이지요. 그런데 그 작은 판 하나가 조용히, 엄청난 파문을 일으켰습니다.

아무리 작아도 극장이니 오시는 분들이 있고, 오시는 분들은 자연스레 그 판도 봅니다. 그런데 그걸 본 분들 중에서 낯모르는 독일의 독지가와 뜻을 같이하는 분들이 생겨나기 시작하더니, 정말이지 동화 같은 희사에 희사가 꼬리를 물었습니다. 어디다 크게 얘기하지도 않았건만 땅을 주시는 분들, 돈을 주시는 분들이 연이어 나타나는 것이었습니다. 제아무리 아쉬울 때도 어디다 손 벌려보지 못하면서 평생 살아온 제가 벌린 입을 다물지 못한 순간이 여럿 있었습니다. 너무나도 귀한 뜻이 그렇게 저절로 모이는데, 제가 물러설 수는 없어서, 요즘은 아주 작은 숲속 마을을 만드는 일을 차츰차츰 아주 조심스럽게 준비하고 있습니다. 큰 생애 하나가 보는 이에게 선명해서 손에 잡힐 듯 가깝게 다가오는 시설들, 그리고 그 사이사이에 숨겨져 있는 아주 작은 숲속 '책 오두막' 몇 채가 그 내용입니다.

가끔씩 통장을 볼 때마다 놀라는데, 얼마 전부터는 보낸 이가 누구인지 도무지 짐작이 안 되는 입금내역이 통장에 찍히기 시작했습니다. 입금자 칸에는 이름 대신 '건축의 경험' '타인의 해석' '백 년의 고독' 같은 단어들이 채워져 있었습니다. 수소문해봤으나 그런 이상한 이름을 가진 사람을 누가 알 리 없었습니다. 궁금해하던 중 한참이 지나고 나서야 천사의 자발적인 실토가 있었습니다.

"통장에 찍힌 것은 제가 읽은 책의 제목들입니다. 그다지 활발히 활동하지도 못하고, 여백서원에 자주 가서 뵙지도 못하지만, 많은 분들의 기여로 더 멋진 공간이 되어가고 있는 그곳에 어떻게든 도움을 드리고 싶었어요." 그러면서 자기도 당연히 큰 액수를 쾌척하고 싶지만 그럴 형편은 아닌 만큼 그래서 생각해낸 것이, "읽은 책의 가격만큼이라도 꾸준히 송금을 해보자는 것"이었다고 합니다. 직장생활하고, 결혼하고 "어떻게 보면 안정적이고, 어떻게 보면 따분할, 크게 변할 것 없어 보이는 평범한 생활을 하고 있지만, 사는 게 공허하다거나 재미가 없지는 않다"면서, 20년 전에 제게 들은 수업에서 "평범해 보이는 순간들에서 반짝반짝 빛나는 보석과 같은 가치를 찾아내는 방법을 터득한" 덕분이라고 이야기합니다.

"헤르만 헤세, 괴테와 같은 독일 작가들뿐만 아니라, 움베르토 에코와 같은 철학자, 케빈 켈리 같은 미래학자, 유발 하라리 같은 역사학자, 재러드 다이아몬드 같은 생물학자들이 이 별다를 것 없어 보이는 세상에서 찾아낸 깊은 의미와 재미를 같이 즐길 수 있게 해주고, 제가 살아가는 순간들을 감사할 수 있게 해주었습니다. 보다 더 많은 사람들이 자신이 살고 있는 순간들의 특별한 의미에 감동하면서 행복하게 살아가려면 여백서원과 같은 공간이 번창해야 되겠다 하는 마음에서, 크지는 않지만, 앞으로도 읽은 책 정가만큼이라도 송금하고, 독후감도 쓰려고 합니다."

이렇게 읽힌 책들을 모아 숲속의 작은 '책 오두막' 한 채를 채울 꿈으로, 이즈음이 참 행복합니다.

하지만 저기 외따로 가는 자 누구인가?

Aber abseits wer ists?

늘, 평생, 하던 일을 새삼 돌아본다는 건 어디에 부딪쳤거나 가던 길이 가팔라졌을 때의 증상입니다. 가팔라진 길이 위를 향한 것인지 아래를 향한 것인지는 잘 모르겠지만, 봄꽃 그늘 아래서 한번, 온 길과 갈 길을 돌아보곤 합니다.

제가 지어서 지키는 여백서원에는 서원이라는 이름에서 짐작되듯 학문의 전통, 특히 글을 소중히 여기고 아끼는 정신을 이어가려는 뜻이 담겨 있지만, 또한 그 이름이 주는 인상과는 달리 현대 서구 학문, 그리고 그중에서도 특히 괴테라는 한 문호의 자리가 제법 큽니다. 지키는 사람이 독문학자라 그렇겠지만 그보다 더 많이, 우리 학문이 시대며 세계와 보조를 맞추기를 바라는 마음이 담겨 있습니다.

모두가 그 한 가지에 전념했던 옛 학문을 요즘에 그 높이로 해내기는 뜻이 있어도 어려울뿐더러, 현대 학문 역시, 가늠할 수조차 없이 넓혀지고 세분화된 그 저변을 아우르면서 동시에 어떤 높이에 도달하는 게 쉽지 않습니다. 그렇지만 그 어름을 바라보려는 '세계로의 열려 있음', 그리고 우리의 학통과도 어떤 이음점을 찾아보려는 지향과 모색이 있습니다. 오늘날에도 옛 서원들이 경관 좋은 곳에 그대로 서 있건만, 대체로 내용이 다 비어버린 모습이 늘 안타까웠습니다. 그래서 그걸 포섭하면서도 우리 시대를 담아넣는 길이 없을까 하는 꿈을 나름으로 좇아왔지요. 설령 가당찮은 욕심이라 한들 어떻겠습니까. 어딘가에 해가 될 일은 없을 듯싶었습니다. 자금이 넉넉하여 돈을 쏟아부어 한 일이 아니고, 지원을 받거나 세금을 써서 벌여놓은 일도 아닙니다. 그저 뜻이 있기에 어찌어찌, 정말이지 하늘이 도와, 조금씩 이루어진 시설들입니다.

외롭고 고단한 주경야독이 수반되지만 시간이 가다보니 귀한 사람들이 찾아오고(먼 곳에 있는 책 집을 우정 찾아오는 사람들은 다 귀한 사람들이지요), 꽃과 나무들이 자라고, 건물도 조금씩 늘어갔습니다. 그러다보니 실현하기 어려운 꿈까지 생기게 되었지요. 비록 내가 이루진 못해도, 언젠가 누군가가 참고할 수 있을 것 같아 모델로만 만들어두려고 계획 한 가지를 짜두었습니다. 지속적인 굳은 뜻이나 마스터플랜 없이 지어지는 과시적 시설들에 대한 유감이 있었던 것입니다.

그런데 재작년 독일에서 느닷없이, 강연 끝머리에 조금 언급한 그 이야기를 듣고 어떤 낯선 분이 그 꿈을 꼭 실현하라며 돈봉투를 건네주셨고, 국내에서도 그 뒤를 잇는 분들이 동화처럼 나타나 일이 조금씩 진행되었습니다. 이미 이야기했듯 '괴테 마을'이라는 다소 거창한 이름을 단 계획입니다. 실은 마을까지는 아니고, 독일의 몇몇 도시에 있는 괴테의 집들을 어떤 건 따라 짓고, 어떤 건 핵심만 가져다 한군데 모아보려 합니다. 그렇게 지은 집 안에서 젊은이들에게—그저 '꿈을 가져라'가 아니라—실물로 보여주고 싶은 게 있기 때문입니다.

제가 보여주려는 것은, 단순히 우리에겐 조금 낯선 인물인 괴테가 아닙니다. 첫째, 사람이 뜻을 가지면 얼마나 크는가. 둘째, 그런 사람은 자기를 어떻게 키웠는가. 그런 것을 보여주고 싶어 생각하는 가운데 계획이 조금씩 세워졌습니다. 서원 안에 있는 '여백 어린이 도서관'을 찾아오는 어린이들이 참 예뻐서, 그런 아이들이 더 커서도 찾아오고 지켜갈 수 있는 곳을 떠올리던 생각의 끝자락에 맺힌 그림입니다.

그러나 아는 거라곤 책 읽는 것밖에 없는 사람이 벌인 그만한 일에 난관이 없을 수는 없지요. 어디 손 벌리거나 부탁한 적 없건만 힘 모아 주시는 분들이 계시는가 하면, 그 반대의 사람도 간혹 끼어들고 답답한 몰이해 또한 있습니다.

아마도 그래서 저는 더욱, 저 자신이 할 수 있는 일에 매진하게 되는 것 같습니다. 앞으로 지을 집들을 채울, 방대한 괴테의 글을 열심히 옮기는 중입니다. '한 손에서 나온' 괴테전집을 만들고 있습니다. 괴테의 작품이 워낙 방대하다보니 아직 그 누구도 혼자서는 엄두를 못 낸 일을 해가고 있는 중이지요. 그 많은 글을 하나도 빠짐없이 옮길 수야 없고, 선별조차도 이제야 겨우 가능해져서 벌이게 된 일입니다.

이제 와서 찾을 명리名利야 없습니다. 그러나 익히는 데 평생이 걸린 글들을 저만 혼자 읽고 그냥 들고 가버리면 안 될 것 같았습니다. 수험생처럼 재도전이라도 해볼 수 있는 게 아니어서, 일상이 참으로 많이 고단합니다. 그래도 기왕 품은 꿈이라, 갈 수 있는 만큼, 힘 다할 때까지 가보려 합니다. 가끔 함께 가려는 사람들이 불쑥불쑥 나타나 그들의 아름다운 이야기도 조금씩 적어두고 있습니다. 큰 꿈의 작은 조각들을, 퍼즐 맞추듯, 천천히 하나씩 이어 놓아갑니다. 제가 할 수 있는 일이라면, 최대한 많이 해두려 합니다.

—

거길 가야 할까. 몇 년 전 여름에 물었습니다. 거기까지 가야 할까. 그래도 기운을 내어 갔었지요. 마침 차편도 있었고요. 그런데 거길 또 가야 할까. 독일에 갔던 어느 겨울에, 저는 스스로에게 다시 물었습니다. 그리고 굳이 다시 가보지는 않기로 했습니다. 차편이 있어도 날씨가 좋지 않으면 험하고 힘겨운 곳인 줄 그사이 알았기 때문입니다.

젊은 괴테가 어느 겨울에 거길 갈 수 있었던 건, 순전히 행운의 덕이었음을 자세히 기록한 글도 읽었을뿐더러, 무엇보다 예전에 가서 살핀 그 지형으로 보아 날씨가 추워지면 출입 자체가 금지될 것임을 충분히 짐작할 수 있었습니다. 그곳의 바닥을 덮은, 발 디디기도 어려웠던 미끄러운 돌들에다 상상 속에서 얼음까지 얹어보니 고개가 절로 가로저어지기도 했고요.

당시 다시 그곳을 향해 떠나는 만용은 거두었지만, 여름에도 독특하게 황량했던 그 풍경이 자주 떠올라 눈앞에 펼쳐집니다.

거대한 하르츠 산맥. 그 산맥 중의 브로켄산은 마녀들이 집결한다는, 『파우스트』의 '발푸르기스 밤'의 무대입니다. 대체 지형이 어떻기에 그런 전설이 생겨났고 또 괴테가 『파우스트』의 한 주요 장면을 할애했을까 하는 궁금함도 없지 않긴 했지만, 그곳이 그토록 마음을 끈 건 그보다 한 편의 시 때문이었습니다. 「겨울의 하르츠 여행」이란 시인데 자신의 소명을 깨닫는 순간이 그 안에 담겨 있기 때문이지요.

방황에 빠져 허우적이기도 하는 젊은 날, 겨울산을 오르며 자신의 운명을 헤아려보는 성찰이 두드러진 시편입니다. 이 시는 문득 절로 터져나온 듯한 외침으로 시작됩니다.

매처럼,
무거운 아침 구름 위에
부드럽게 날개 펴고 가만히 뜬 채로

먹이를 노리는 매처럼
떠돌아라 나의 노래여.

문득 이런 어떤 깨달음의 순간이 있어, 깨어나고, 똑바로 서는 한 순간은 누구에게서든 참 아름답습니다. 거기에 자신만이 아니고 주변의 둘러봄이 있을 때는 더더욱 그렇지요.

하지만 저기 외따로 가는 자 누구인가?
그가 걷는 길은 덤불숲 속으로 사라진다
그 뒤에서 덤불들이
다시 얽히고
풀이 다시 무성해지고 이슥고
황야가 그를 삼켜버렸다

그럼에도 그런 이까지 눈여겨보는 사람이 시인이겠지요.

그대의 현금을 퉁겨
사랑의 아버지여, 음音 하나라도
그의 귀에 들리게 해서 그 마음에 생기를 주소서!
흐린 시선을 열어

황야의
목마른 자 곁에 있는
샘물을 보게 하소서!

그것이 어디쯤에서였을까요. 한 사람에게서 우렁찬 목소리가 터져나오는 순간이, 그러면서도 대승적인 순명順命의 의식이기도 한 그런 순간이, 누군가의 마음속 어느 굽이에서인지야 제가 가볼 수 없지만 참으로 궁금했습니다. 그러나 현실적으로, 지리적으로 어디쯤인지는 가볼 수 있지 않을까요. 그것이 그때 저의 출발의 모든 이유였습니다.

산인데 고작 고도 300여 미터, 웃음부터 나오는 높이라 듣기만 했을 때는 그저 우습기만 했습니다. 그러나 제가 읽은 글들에서 그 산의 위용은 그렇지 않았습니다. 막상 가보니 과연 그렇지 않았지요. 높지 않은 대신 아주 넓은 지역에 걸쳐 펼쳐져 있었고, 무엇보다 길바닥이 독특했습니다. 전부 돌이 깔려 있는데, 그 커다란 검은 돌덩이들이 강물 속 차돌처럼 반들반들했습니다. 그런 돌덩이들이, 당연히 불규칙하게, 그러나 빈틈없이 빼곡하게 바닥을 메우고 있어 산의 초입만 조금 걷는 것도 여간 힘들지 않았습니다. 더구나 비가 잦은 곳에 울창한 숲속이라 마르지 않는 물기로 바위들은 미끄럽기 이를 데 없었지요. 군데군데 (일부러 포개어 쌓아놓은 듯한) 불쑥 솟은 바위 더미, 절벽들은 그 모습이 비현실적이고 이름들도 '코골이 바위(바람이 불면 그런 소리가 난다네요)'처럼 하나같이 이상했습니다. 지명들도 참 이상했고요. 심지어 사람 사는 동네 이름이 '비참Elend'이기도 했습니다. 얼마나 척박했으면 그런 이름이 붙었을까요.

어느 겨울에 괴테는 이 험지, 눈 쌓인 산을 만류를 무릅쓰고 올랐고 그 길 끝에서 장려한 한 편의 시를 썼습니다. 그것이 「겨울 하르츠 여행」이고, 시기적으로 큰 차이가 나지 않는 또 한 편의 시가 있습니다. 바로 저 정원집 앞 일름강가를 거닐며 쓰인, 앞서 한번 전문을 인용한 바 있는 시 「달에게」가 그것입니다. 사랑의 괴로움으로 하여 누군가가 투신을 하여 그 시신을 수습해준 어느 밤이 담긴 시편이지요. 거기서도 비슷하게 놀라운 구절 하나를 만났습니다. 달빛 속 강변을 거닐며 성찰의 공간이 펼쳐지는데, 거기서 그랬습니다.

축복 받았어라, 세상 앞에서
증오 없이 자신을 닫는 이

앞서 인용했던 이 놀라운 구절, 그 행에 달린 부사구 "증오 없이". 그 두 단어가 제게는 여전히 충격적입니다. 누구나 세상 앞에서 자신을 닫을 수 있지요. 그러나 '증오 없이', '미움 없이'란 쉽게 이르는 경지가 아닙니다. 사람들의 마음속 미로에 대한 눈길이 열린 것이지요. 저 작은 강물에서 군주 친구와 함께 벌거벗고 멱도 감던 스물예닐곱 청년에게서 생겨난 이 깊은 통찰이, 이른 경지가 다시 생각해봐도 참으로 경이롭습니다.

그리고 먼 산의 또 한 자락, 일메나우. 괴테가 맡아 개발에 힘썼던 광산이 있는 곳입니다. 아득히 펼쳐진 구릉, 그 초록 바다 속에는 그가 자주 다니던 산행의 길이 아예 '괴테 길'로 명명되어 있기도 합니다. 지금은 유명한 등산 코스지요. 그 바다 같은 튀링엔 숲이 내려다보이는 산정에 작은 탑 하나가 서 있습니다. 그 위에 오르면, 안 그래도 아득하던 초록바다가 더욱 끝 모르게 펼쳐지는데요.

이 산을 사랑하여 괴테는 어느 겨울 우연히 본 그 설경 위에 비친, 검은 것이 아니라 푸른 그림자를 잊지 않고 40여 년을 광학 연구에 매달립니다.

괴테는 어느 작은 산막 창가의 벽에다 창밖으로 펼쳐진 대자연에 정적이 내리는 모습을 묘사한 시를 연필로 적어놓은 적도 있었지요. 그는 반세기가 넘는 긴 세월이 지나 말년에 요란한 생일잔치를 피해 다시 이곳을 찾았고, 그 외진 산막 벽에 여전히 남아 있는 연필 글씨를 다시 찾아 읽으며 눈물을 흘렸다는 일화가 있습니다. 나중에 슈베르트의 작곡으로 더욱 널리 알려진 시인데, '모든 봉우리에는 정적이 감돌고……'로 시작되는, 모든 소리와 빛이 잦아드는 저녁의 정적을 그려낸 시입니다. 보통 '나그네의 저녁 노래 2'라고 불리는데, 같은 제목의 다른 시도 있어서 그렇게 부릅니다. 이 시는 제목이 그저 '같은 것'이라고 되어 있기 때문입니다. 여백의 괴테 오솔길 초입에도 돌에 새겨져 놓여 있습니다.

어디서든, 장엄한 자연 속이면 더더욱, 자신을 만나는 순간은 아름답습니다. 그것이 인간과 그 공동체에 대한 통찰로 이어지면 더더욱 그렇지요. 만난 것이 굳이 운명까지는 아니어도, 스스로 느낀 그 어떤 기쁨과 놀라움을 평생의 업業으로 이어가는 것이라면, 그런 지혜를 확인하는 것은 얼마나 즐거운 일인지요.

여백의 괴테 오솔길에 있는 작은 전망대는, 여길 보고 세운 것입니다. 물론 여기처럼 견고하게 벽돌로 지을 수는 없었습니다. 무거운 벽돌을 산정으로 나르기가 힘들었기 때문입니다. 그저 가장 가벼운 건축재를 써서 소박하게 지었습니다. 자신을 만나는 아름다움의 순간이, 아니 숨 한번 시원히 내쉬고 다시 들여 쉬어보는 시간이, 그리고 그럼으로써 평화가 사람들에게 찾아들기를 바랐던 것이지요.

각설하고, 그 숲들로 다시 한번 가보고 싶은 생각은 없습니다. 때때로 독일에 방문해서도 그저 괴테의 집 앞을 가만가만 걸어다니고 있습니다. 가끔 어두운 하늘을 올려다보며, 조용히 걷노라면 아직도, 더 들어내어야 할 목소리가 있을 것만 같습니다.

프랑스혁명의 '서곡'이기도 했던 희대의 사기극, 소위 '목걸이 사건'으로 "부도덕한 도시, 부도덕한 궁정, 부도덕한 국가의 밑바닥"이 만천하에 드러났던 때, 파리로부터는 아득히 먼 독일의 소공국 바이마르에서 괴테는 그 인상을 떨칠 수 없어, 남들한테 "정신 나간" 사람 같다는 소리를 들었다고 썼습니다. 몇십 년이 지난 만년에도 프랑스혁명에 대해서, 그 이래 단 하루도 그 영향에서 벗어난 날이 없었다고 회고합니다.

그렇듯 예리하고 예민하게 동시대 세계사를 살피면서도 그는 꾸준한 작업을 통해서 자신의 문제를 감당하고 시대의 문제에 맞서고자 했습니다. 기나긴 생애 동안, 아침 5시 반부터 오후 1시까지 글을 쓰고 그 이후에 다른 활동을 시작했지요. 이 어수선한 시기에 사기꾼 이야기 『대大 콥타』를 쓰고 그 바로 전에는 "마흔이 되기 전에 공부 좀 해야겠다"며 이탈리아를 찾아갔고, 거기서 평생작 『파우스트』의 상당 부분을 쓰고 화해의 드라마 『이피게니에』를 마무리하고, 돌아와서는 「로마의 비가」가 쓰이고 식물 및 동물 연구가 본격적으로 시작되어 『식물변형론』을 쓰고, 프랑스 왕립 학술원에서 발표된 논문 「악간골顎間骨 연구」의 초안도 잡힙니다. 산업의 중흥에 매진하여 방적 산업을 장려하고 광산을 관리하고, 교육에 힘썼습니다. 예술과 학문을 바탕으로 작은 공국 바이마르를 정신적으로도 이끌어올리고자 했습니다.

그야말로 모두들 코로나에 경제 문제에 정신 나간 사람처럼 뉴스에서 눈을 못 떼고 지낸 요즈음 그 먼 이야기가 문득 생각나는 건, 그때까지 지방문학이라는 인식을 면치 못했던 자국의 문학을 세계문학의 반열에 올렸고 정말 많은 작품을 써낼 수 있었던 그 초인적 성취의 원동력이 어쩌면, 그만큼 컸던 시대에 대한 고뇌가 아니었던가 짐작되기 때문입니다.

어려운 나라 사정을 보면서 악몽처럼 되살아나는 건 물론, 좀더 가까운 일, 1980년대의 고통입니다. 그야말로 수레바퀴가 늑골 위를 굴러가고 있는 것 같았고, 길거리로 나서지도 눈 돌릴 수도 없었던 그 시절, 수업을 하고 있는데 제 몸에 불을 지른 학생이 옥상에서 떨어져내리기도 했던 그때, 무엇보다 젊은 날을 그렇게 보내야 하는 젊은이들을 바라보며 마음이 미어졌었습니다. 너무도 큰 희생 위에서 쟁취된 것들이 참으로 어처구니없이 다시 무너지기도 하고, 여전히 언제든 풍전등화와 같은 위기가 올 것 같기도 합니다.

그래도 한 고비는 넘긴 것 같은 요즘은, 불안보다는 성숙한 시민의식에서 희망을 읽고 자랑을 느낍니다. 그러나 마음은 조마조마하기만 합니다. 한 고비가 지났지만, 겨우 한 고비를 지났을 뿐 한동안 몇십 년은 뒤로 굴러가버린 듯했던 역사의 수레바퀴를 생각하지 않을 수가 없는 순간도 있습니다. 나라가 진정으로 다시 바로 서기까지 비틀거리는 시간이 너무 길지 않아야 할 텐데 싶어 조바심이 나기도 합니다. 더 좋은 세상을 위해 애쓰기를 마다하지 않았던 그 강인한 힘이 소진되지 않고, 그저 선하고 아름다웠던 초심에 머물러야 할 텐데, 세상 그 무엇도 결코 저 힘의 뜻을 사심으로 굽혀놓거나 극단으로 내모는 일은 없어야 할 텐데 말입니다. 크게 소리는 못 내는 채로, 한마디 말이 내내 마음속을 맴돌고 있습니다. 바로 "손 놓지 말고"입니다.

세상이 진정으로 나아지려면, 정치인들부터 부디 주판을 내려놓고 사심 없이 의논하고 지혜를 모아야 하겠지만 우리가, 무력감만 끝없었던 시대를 지나 이렇듯 새로운 걸음도 뗄 줄 아는 우리가, 우리의 뜻에다 꾸준함을 더해야 할 것 같습니다. 무엇을 시작하든 첫 마음을 잃지 않고, 세상을 걱정하며 잡았던 서로의 뜨거운 손을 놓지 말고, 무엇보다 누구든 제자리에서 하던 일에서 손을 놓지 말아야 하겠습니다. 각자 자기 일을 성심껏 해가는 것이야말로 올바른 세상을 만드는 첫걸음이라 생각합니다. 불의에 대해 눈 부릅뜰 줄 알아야겠지만 주변 또한 돌아볼 줄 알고, 분수 넘게 이것저것 사느라 혹은 허겁지겁 남 따라가느라 허덕이던 손길로 제 옷깃도 좀 여며볼 줄 아는 것이야말로 진정 우리의 자긍심을 세우는 일이 아닐까요. 모두가 뜨거운 가슴으로 자기 안의 등불을 켜는 시간이야말로 그 모든 것을 위한 성찰의 시간이기를 간절히 기원합니다.

“선생님 감사합니다. 분노는 요즘같이 역행하는 세상을 바로잡으려는 시국에 필요한 것이되, 그것이 삶의 모든 부분을 잡아먹게 둬서는 안 된다, 자기 삶은, 나머지 영역의 세상은, 또 그 나름대로 굴려가며 살아야 한다는 말씀이시죠?”

어느 늦은 밤, 옛 제자 하나가 제가 쓴 글을 읽고 편지를 보내왔었습니다. 평생 조금이나마 나은 세상 만드는 길이 그것이려니 하면서 성심껏 읽고 쓰고 가르치며 살았는데, 문득 나라가 마냥 진창인 듯, 쪼개질 듯 느껴져 허탈하고 기성세대로서 젊은 사람들한테 미안한 참이었는데 말입니다.

“그런데 한편으로는 이런 생각이 들기도 해요. 어쩌면 분노와 자기의 일을 해나가는 게 그리 어긋나지 않을 수도 있다는 생각이요. 요즘 우리는 불합리하게 자기 삶을 옥죄는 세상에 대해 무감하고 무심하기를 배워가는 것 같은데 사람들이 분노를 느끼고 표출하는 경험을 통해서 자기 삶의, 그리고 내면의 뜻과 감정을 자기의 주인으로

서 느껴가고 있다는 생각이요. 어쩌면 그런 걸 배울 기회는 별로 없는 채로, 무감無感, 무력無力을 배우고는 치열한 생존의 장場에 내몰렸던 사람들이 이 기회를 통해 배우고 있다는 거죠."

참으로 놀라운 생각이었습니다. 그는 덧붙여 이렇게 말했습니다.

"자기 삶을 치열하게 살았던 큰 사람들을 보면, 어쩌면 생의 감각을 가장 치열하게 들으며 살았기 때문에 그게 가능했던 것 같은데, 그걸 포기하도록 요구받던 사람들은 거리에서 그 길의 입구를 만나게 되는 건 아닌가 해요."

제가 안 한 말까지 짐작하고 있는 그 총명함이 좋아서, 문득 머릿속에 "청출어람청어람靑出於藍靑於藍"이라는 구절이 스쳐 지나갑니다.

"요즘은 앞으로 살아갈 길의 방향을 만들어나가야겠다는 생각을 더 많이 하게 됩니다. 사례로 드신 괴테의 행적을 보면 자기가 모든 세상을 고민하고 자기가 모든 일을 할 수 있다는 자긍심을 가졌던 것 같은데, 저도 그 부분을 정말 닮고 싶더라고요. 자긍심과 능력은 그에게 있어서 상호 고양적인 힘이었던 것 같은데 저도 그런 선순환에 오를 수 있을까 동경해볼 때도 많고요."

청년의 입에 담기는 "선순환善循環"이라는 말이 아름다워 나는 정신이 더 맑아집니다. 그런 이야기가 오가며 깨어 있었던 덕분에 새벽 2시가 넘어서 먼 지방 도시에서 보내온 소식 하나를 바로 읽고 보낸 사람과 통화까지 할 수 있었습니다. 그 늦은 밤에 또 한 청년이 수화기를 잡은 채 제게 울먹였습니다. 전화를 끊고 나서, 저는 차를 한잔 타서 보온병에 담아들고 낯선 지방도시를 향해서 출발했습니다. 사고 안 내고 갔다가 잠깐 얼굴 보고 아침에 돌아왔습니다. 깨어 있던 덕에 허공의 한 손을 조금은 잡아준 것 같아 다음 기회에 앞의 청년에게 간단히 얘기하고 고맙다고 했더니 또 답이 왔습니다.

"의도하지 않게 선생님의 좋은 일을 거든 셈이 됐나요. 의지하는 사람들이 있다는 건 때로는 고되면서도 그래도 힘이 나고 감사하고 보람된 일인 것 같아요! 아닌 한밤중에 늦게까지 선생님께서 정말 고생 많이 하셨을 걸 생각하면 마음이 아프면서도 또 한편으로는 부럽고 동경이 되기도 하네요. 그 청년분도 차 한잔에 담긴 선생님의 따뜻한 위로를 받고 다시 힘내서 어려움을 헤쳐나가실 수 있으면 좋겠네요."

마음을 읽는 스무 살 청년의 따뜻한 심성이 전해져옵니다.

제가 사는 여주에는 세종대왕릉이 있어서 많은 사람들이 찾아오곤 합니다. 단편적으로밖에 모르지만, 젊은 날 세종의 면면이 저랬을 것만 같습니다. 들은 말을 경청하고, 들은 바를 되짚으며 질문함으로써 배움을 마음에 새겼다고 합니다. 한껏 예의를 갖추면서도 또한 깊은 이해에다 자신의 의견을 더하여 피력함으로써, 신하인 스승에 대하여 군주로서의 체통도 지켜나가며 인간과 지식의 총화를 이루어내는 청년이었던 것 같습니다. 젊은 날이 그러했기에, 노련하게 대화합과 창의의 정치를 펼쳐가는 장년과 노년의 현군이 가능했을 것입니다.

물론 지금은, 그 어디에서 세종 같은 현군 하나가 나타나 산적한 나라 문제를 해결할 수 있는 시대는 아닙니다. 그러나 이런 젊은이들을 마주칠 때면 여지없이 마음이 설레곤 합니다. 온갖 목쉰 소리들이 어지럽게 오가는 이즈음에도 젊은 "세종"들의 목소리를 부러 찾아 들으려 애씁니다. 그들의 뜻에 부디 인내와 끈기가 더해지길 빌어봅니다.

더 크게
지을 수야 있겠지만,
더 많은 게
나오지는 않습니다

Grössre kann man bauen
Mehr kommt nicht heraus.

주여 마음에 들어하소서

이 작은 집을.

더 크게 지을 수야 있겠지만

더 많은 게 나오지는 않습니다.

흰 연꽃이 가득 피는 연못과 작은 솔밭 사이에 한 사람을 위한 아주 작은 한옥집이 한 채 있습니다. 이 집은 우정友亭, 즉 '벗의 집'이라는 이름을 달고 있습니다. 시정詩亭, 예정藝亭, 여백 어린이 도서관과 더불어 여백서원 안에 있는 몇 개의 부속 건물들 중 하나인데, 보통 외국학자, 예술가들이 두어 달씩 머물며 작업하는 장소로 쓰입니다. 멀리서 온 학자들은 이곳에서 책을 완성해가기도 하고, 화가들은 그림을 그려 작은 갤러리 여백에서 전시를 하고 갑니다. 이 집에 머무는 손님의 의무는 방명록에 짧은 글을 한 번 쓰는 것, 그 한 가지뿐입니다.

땅덩이 어디든 번잡하기만 한 요즘 같은 세상에서 두어 달을 오롯이 혼자서, 개구리 소리, 바람 소리, 새 소리밖에 들리지 않는 곳에서, 그러나 걸음을 본관으로 옮기기만 하면 책이 있고, 문화가 있고, 좋은 만남이 있는 그런 곳에서 하고 싶었던 일을 집중적으로 하며 지낸다는 건 누구에게든 귀한 기회인 것 같습니다. 벌써 한 권이 다 차버린 방명록에 남아 있는 글들이 그것을 증언합니다. 집을 지은 지 그리 오래 되지 않건만, 벌써 많은 분들이 다녀가셨습니다. 저명한 학자, 예술가들을 따로 초청하기도 하지만 해외의, 특히 독일의 주요 학술기관이나 예술기관에 놓인 브로셔를 보고 신청이 옵니다. 해외에서 조금씩 알음알음이 이어지기도 하는 것 같습니다.

이 축복받은 평화의 집에서 겨우 사흘을 보냈는데,

나는 마치 벌써 세 주일을 보낸 듯합니다.

그토록 내가 채워졌습니다.

아직 한 번도 본 적 없고, 겪은 적 없고 들은 적 없는 것으로.

이 글을 쓴 분은, 괴테가 38년간 감독으로 있었던, 바이마르의 유서 깊은 안나 아말리아 대공비 도서관 관장 미하엘 크노헤 씨입니다. 몇 년 전 독일 도서관 학회에 가서 제가 우리의 첫 도서관인 규장각을 소개한 적이 있는데, 독일에서 유사하게 중요한 도서관 관장이신 크노헤 박사가 각별한 관심을 보였고, 저는 저대로 국내에서 기회만 있으면 안나 아말리아 대공비 도서관을 알려왔습니다. 그러다 그분이 한국에 오셔서 규장각을 직접 둘러보고, 규장각과 한국학 연구소 같은 곳에서 좋은 강연들을 해주시는 일이 있었고, 그다음에는 우리 규장각의 연구원들 여럿이 안나 아말리아 대공비 도서관을 견학하는 식으로 전문인들의 교류가 이어져 역관으로서의 보람을 느끼기도 했습니다. 서울에 오신 기회에 여백 '벗의 집'에도 머무르면서 관계가 더욱 돈독해졌습니다.

관장님은 이제는 퇴임하셨는데, 바이마르 국립극장에서 열린 그 퇴임식은 참 놀라운 행사였습니다. 25년을 봉직하며 학술과 문화의 한 중심을 이끈 사람, 화재가 났을 때는 불길 속으로 뛰어들어가서 루터 성서의 초판본을 꺼내오기도 한 기관장을 떠나보내는 그 고별행사가 의례적인 것이 아니고 너무나도 격조 있고 한 사회의 존경과 자랑과 사랑이 오롯이 담긴 것이었기 때문입니다. 귀중한 것을 알아보고 소중히 지켜나가는 사람들의 태도가 정말 아름다워 보였습니다.

크노헤 씨가 25년간 이끌었던 안나 아말리아 대공비 도서관은 괴테의 자취가 역력한 장소입니다. 300년이 넘은 그 도서관은 저 자신도 이미 사반세기를 두고 기회만 있으면, 자꾸 쌓이는 질문 보따리를 꾸려 들고 달려가 붙박이처럼 앉아 있는 곳입니다. 거기에 가 있는 동안이면 우편물이, 제가 그리 부탁했을 리 없고 부탁한다고 될 일이 아니건만, 숙소로 오지 않고 도서관 제 자리에 놓여 있곤 했습니다. 벌써 오래전, 처음 갔을 때부터 유난스러운 붙박이 열람객은 그곳의 신임 도서관 관장의 눈길을 끌기도 했습니다.

바이마르 사람들은 그렇습니다. 집으로 돌아간다고 하면 즉각 너무도 무심하게, 곧바로, 당연하다는 듯이 언제 다시 오느냐고 묻습니다. 그렇게 어려운 걸 어찌 쉽게 묻느냐고 웃지만, 제 개인적 형편이 쉽게 몸을 뺄 수 없으려니와 공식적 기회는 이제는 가급적 후학들에게로 돌리려 애쓰니 더더욱 그렇습니다.

한국에 돌아가는 날이 가까워지면, 제가 곧 떠난다는 걸 사람들이 벌써 다들 알고 있습니다. 책을 신청하면, 담당 직원은 아직도 또 신청하느냐고 묻지요. 그럴 때마다 저는 독일 속담을 빌려 "원래 게으름뱅이는 날 저물 때 가장 부지런하잖아요" 하면서 웃곤 합니다.

오래전 아말리아 대공비 도서관에 갔다가 관장인 크노헤 박사를 찾아가 인사를 할까 어쩔까 하는 참에 마주쳐서, 좋은 말뿐만 아니라, 진심으로 감사하고, 이 도서관 분위기 좀 가급적 오래 유지되게 해달라고 그러고, 너무 그렇게 늦게까지 일하지 말라고 이야기했었습니다. 늦게 나오다보면 다 불 꺼진 도서관에 관장 방에만 불이 켜져 있곤 했기 때문이지요. 나중에 도서관 문 닫을 때 허겁지겁 가방과 우체국에서 사둔 짐 꾸릴 종이 박스를 챙겨 들고 있는데, 그 사물함 앞에서 관장님을 또 마주쳤습니다. 서로 쳐다만 보다가 둘 다 말없이 고개를 절레절레 흔들었지요. 그러다 그 사람이 "마지막 일 초까지……"라고 해서 웃고 말았습니다.

그렇던 크노헤 관장이 한국에 오고 우정에 머물다 간 일은, 괴테의 도시 바이마르와 여백서원의 또하나의 단단한 끈이 되어, 이 관계는 동서의 만남의 한 표본이라 해도 좋을 만큼 여러모로 긴밀하고 다채로워졌습니다. 더구나 후에 바이마르 괴테학회 요헨 골츠 회장님 역시 두 차례나 다녀가심으로써 바이마르와 여백은 더더욱 가까워졌지요.

골츠 회장님은 여백에서 괴테의 나무 '괴테 송'을 정해놓으시고, '괴테 오솔길'에 놓인 괴테의 시를 담은 석판 중의 하나를 위한 시구를, 특히 경쟁 심한 한국의 젊은이들을 생각하며, 각별한 시구 하나를 골라놓는 등 한국에 대한 애정이 각별하십니다. 저의 괴테 연구서가 독일에서 나올 때는 그 만만찮은 분량의 원고를 한 줄 한 줄 세심하게 읽고 교정해주시기까지 했던 분이지요. 또 바이마르 고전주의 재단의 연구원 대표 토르스텐 팔크 교수는 다녀가며 뜨는 해를 향해 선 나무 한 그루에 '아침의 지혜'라는 이름을 지어주고 가기도 했고, 바이마르 괴테학회 부회장이자 프랑크푸르트 괴테 생가의 원장인 안네 보넨캄프 교수는 여백 연못가의 고운 단풍나무를 자기 나무로 정해놓고 갔을뿐더러, 나중에 꽃씨를 보내주어 동과 서를 잇는 푸른 꽃 뜰이 여백 후원에 조성되게끔 해주었습니다.

이런 분들 덕분에 여백서원에는 괴테가 더욱 많이 담겼고, 저는 여백의 앞마당이, 바이마르의 괴테 쉴러 아카이브나 고전주의재단, 괴테 하우스 같은 괴테 관련 기관은 물론 바이마르의 학계, 예술계, 문화계로까지 넓혀진 것 같은 느낌을 받았습니다.

크노헤 관장님은 그분 댁에다, 제가 가면 머물 방까지 아주 내놓으셨습니다. 폐가 되는 일이라 호텔에 머물며 사양을 해보았으나 여의치 못했지요. 도저히 맞설 수 없는 환대였습니다. 한번은 인사나 하려고 호텔 커피숍에서 만났더니, 열쇠를 탁자에다 탁 놓으면서 어떻게 이럴 수 있느냐고 해서 그다음부터는 제가 순순히 곧바로 "내" 방으로 갑니다. 괴테가 있던 도서관 가까이, 괴테의 집 가까이 제 방이 있다는 것도 기쁘지만, 그 집에 머물면 자연스럽게 들어서게 되는 그곳의 문화계, 예술계의 마법을 떨칠 수 없습니다.

다른 방문객들도 우정에 머물다보면 동서의 연결을 유난히 많이 생각하는 듯, 우정의 방명록에 남겨진 글들에서는 자주 『서·동 시집』의 저자 괴테의 시구들이 인용되어 있습니다. 여러모로 여백이 차츰 동서의 만남의 장소가 되어가는 중입니다. 긴 세월 동안 마치 유라시아 대륙을 끝에서 끝까지 두 발로 달려가는 듯 허겁지겁 유럽으로 가곤 했는데, 이제는 차츰 같은 길을 반대 방향으로 오는 발걸음이 느껴집니다. 그 발소리가 작지 않고, 그 발

걸음의 주인들은 하나같이 귀합니다. 얼굴들이 주마등처럼 지나갑니다. 그래도 몇몇만은 붙들어봅니다.

우정의 첫 손님이었던 로만어 전공자 취리히대학의 헤닝 후프나겔 교수는 로마에서 오래 공부하신 지역 성당 신부님의 유창한 이탈리아어 안내로 천년 고찰 신륵사를 구경하는가 하면, 성당에 가서 김장을 해보기도 했는데, 여기에 와서 소설 한 권을 완성했습니다. 작품이 완성되었을 때 독일어가 되는 분들을 초청하여 조촐한 낭독회도 열었지요.

프라이부르크의 조각가 라파엘 자이파르트는 제가 그곳에 가서 한 여백의 라이너 쿤체 뜰에 대한 강연을 들은 청중의 하나였는데, 여백의 뜰을 자기가 직접 보고 기록해야겠다면서 화가 친구 마누엘 프라티니와 함께 여백을 찾아왔던 사람입니다. 그런데 여백에 오기 전, 독일 서남쪽 끝인 프라이부르크에 사는 그는 일부러 독일 중부인 튀링엔 지방의 숲까지 다녀왔다고 합니다. 어린 시절에 뛰놀던 그 숲에 라이너 쿤체 시에 나오는 은銀엉겅퀴가 있었다며, 희귀종인 그 식물을 찾아 씨앗을 가져왔습니다. 마른 꽃과 씨앗 스물여덟 개를, (그가 알 리 없는) 문익점처럼 붓 대롱에 넣어서 말입니다. 그중 하나가 싹을 틔워 지금 여백에서 자라고 있습니다. 여백에 있는 동안 그는 도자기 고장인 지역의 도예가들과 협업도 하고, 우리가 소홀히 여기는 것들의 아름다움을 되살리는 전시회를 했고, 돌아가서는 그곳에서 여백 이야기를 하는 강연도 하고 아름다운 사진집도 펴냈습니다.

베를린의 벽화가 요하네스 문딩어는 우정에서 그림을 그리고, 갤러리 여백에서 전시를 했을뿐더러, 인근의 좋은 방과후학교 어린이들의 숙소에 아름다운 벽화를 그려주었습니다. 지역에는 명물 하나가 생겨났고, 화가는 그 학교 선생님들이며 어린이들과 각별한 인연을 맺었습니다. 전교 어린이들이 정월 대보름날 달집을 태우며, 마침 생일이었던 그를 축하해준 행사는 참으로 감동적이었습니다. 그는 베를린으로 돌아가서는 전시회와 함께 갤러리 여백의 대형 사진을 배경으로 하는 퍼포먼스를 열었고, 또 여백서원을 찾는 예술인들의 초청을 받아 친구들과 함께 다시 한국에 와서, 젊은 한국 예술가들과 그룹전 2회, 개인전 1회, 세 차례의 전시를 서울과 여주에서 더 하고 갔습니다. 조만간 또 올 듯합니다.

쾰른의 화가 에드문트 투홀스키는 우정에 머무는 동안, 한국의 푸른 가을 하늘과 황금빛 논밭에 어찌나 영감을 받았는지 두 달 동안 102점이나 되는 수채화를 그

렸고, 갤러리 여백에서 전시를 두 번이나 했습니다. 첫 개관전은 오후 3시에 개막되어 물경 새벽 4시 반까지 이어졌습니다. 이야기가 끝없이 이어졌고, 가끔씩은 즉흥적인 퍼포먼스, 연주까지 곁들여졌습니다. 그날은 가뜩이나 많은 사람들이 오는 날이었는데(서원이 문을 여는 매월 마지막 토요일, 특히 5월과 10월의 마지막 토요일에는 많은 사람들이 옵니다), 마침 그가 서원에 있는 동안에는 일본에서 그를 찾아온 사람도 있어 즐거운 만남이 성사되었습니다. 투홀스키 작가 역시 다시 초청을 받아서 재차 한국에 왔고 서울에서 전시회를 열었습니다. 그 역시 다시 올 듯합니다.

투홀스키 작가의 작품이 전시되는 동안, 눈길을 끄는 관람객이 있었습니다. 멀리 제주에서 찾아온 가족이었는데, 작품을 참으로 성의껏 보는 게 눈에 뜨여 이야기를 나누게 되었습니다. 부모님의 이야기를 들어보니, 장애가 있는 아들이 그림에 관심이 많다고 했습니다. 그 가족의 인상이 깊게 남아 있던 중에 우연한 기회에 안부를 물었더니, 그 전시에 영감을 받은 그 청년이 새벽 5시까지도 그림을 그릴 만큼 작품에 열중하고 있다는 것이었습니다. 그래서 제가 말했습니다. 외국의 유명작가만이 아니라,

평범한 사람들의 작품도 전시하자고 말입니다.

그래서 현석빈 개인전 〈재밋어요〉가 열리게 되었습니다. 갤러리 여백은 사람들이 무더기로 몰려오는 것이 아닌 만큼 오래, 적어도 반년, 1년 정도 전시를 합니다. 며칠 전시하자면 큰돈 들여야 하는 전시들과는 전혀 다른 뜻이라, 액자조차 만들지 않습니다. 그 대신 오랫동안 전시하는 것입니다. 전시가 현석빈군 자신에게나 가족과 친지에게나 커다란 격려가 된 것 같아서, 그것만으로도 매우 보람 있는 일이었습니다.

그런데 또 놀라운 일이 일어났습니다. 독일 작가들이 그의 그림을 사간 것입니다. 그리고 최근에는 제주도에서 청년작가의 전시에 재정을 지원하는 공모전에서 현석빈 작가가 (아마도 갤러리 여백에서의 전시 경력이 도움이 되어) 유일하게 선발되었다는 소식을 듣고 참으로 즐거웠습니다. 바로 그런 일, 즉 뜻 있는 젊은 사람들이 도약하는 발판이 되는 것, 그게 여백서원에서 가장 하고 싶은 일입니다.

여백서원을 찾는 사람들, 그리고 다녀간 사람들 모두 하나같이 귀중한 사람들입니다. 지금은 이탈리아 시인, 폴란드의 교수가 다녀갔거나 와 있어야 할 시간인데, 코로나 때문에 아직 오지 못하고 있습니다. 하루 빨리 그날이 오면 좋겠습니다.

얼마 전 놀라운 전화를 받았습니다. 모르는 이탈리아 소녀가 어렵사리 제 연락처를 찾아냈다며 독일어로, 자기 이름, 어머니, 아버지, 할머니 이름을 차례로 말하는 것이었습니다. 문득, 선반에 올려두었던 옛 사진 상자가 떨어져 한 무더기 사진이 쏟아지기라도 한 듯 눈앞에 펼쳐지는 것이 있었습니다. 그 이름들이, 경황없이 사느라 정말 오래, 사반세기 넘게, 연락을 못 하고 지낸 이들의 이름이었던 것입니다. 소녀는 그러니까 연락이 끊기고도 여러 해 뒤에 태어나서 제가 모를 수밖에 없는 사람이었습니다.

반가워하며 어떻게 한국에 왔느냐고 묻자, 대학입학자격시험을 치르고 나서 무얼 해야 할지 몰라 세상과 부딪쳐가며 좀더 생각해보고 싶어서 1년 동안 일하며 세계를 다니고 있는데, 베트남을 거쳐 지금은 잠깐 한국의 한 농촌공동체에 와서 일하고 있다고 했습니다. 곧 부모님도 한번 다녀가실 예정이라고도 했습니다.

반가움에 얼른 알아낸 연락처로 부모에게 연락부터 해

서, 한국에 오거든 여기저기 힘들게 짐 끌고 다니지 말고 우선 제가 있는 곳으로 와서 거처를 삼으라고 이야기했습니다. 며칠 뒤 이탈리아에서 소녀의 부모가 도착했고, 이틀 뒤에는 독일 베를린에서 대학을 다니고 있는 자녀들도 도착했습니다. 그런데 이 다섯 명의 가족은 모두 놀라운 사람들이었습니다. 도착하자마자 팔을 걷어붙이고 일을 시작했습니다. 대개 초행으로 낯선 곳일뿐더러, 낯설지 않더라도 비행이며 시차 이야기나 할 시간이었는데 말입니다. 들기가 버거워 저 혼자서 늘 진땀을 흘리는 거름포대를 척척 날라 많은 나무들에 거름을 주고, 나무를 베고 다듬어 삭아버린 비탈길의 디딤목을 보수해주는 등, 힘든 일, 궂은일부터 알아서 찾아 척척 해주었습니다. 딸들도 삽질까지 조금도 서슴없이 했습니다. 그러면서도 자기들은 휴가이지만 저는 시간 빼앗기면 안 된다고 부엌에 들어오지도 못하게 하고, 밥상을 다 차려놓고야 부르곤 했습니다. 제가 설거지라도 하려 하면, 처음 전화를 하고 찾아왔던 막내딸이, 자기는 맛난 한국 음식 탓에 체중이 늘어, 일 좀 해야 하는 사람이라며 가로막았지요. 온 식구가 하나같이 날씬하고, 몸 가볍고, 강인하고, 다정했습니다.

그렇게 며칠을 제가 지키는 서원을 반짝반짝 하게 만

들어 놓고서야 그들은 이틀의 시간을 내어 설악산에 다녀왔습니다. 떠나기 전날 밤에는 오가는 동안 연습을 해서 돌아오면 콘서트를 하겠다며 '아리랑'을 방탄소년단 버전으로 배웠다고 합니다. 과연 돌아와서는 기타를 치며 이탈리아 노래까지 부르는 즐거운 시간도 만들고 또 일을 하더니, 광주와 담양의 대나무숲을 봐야겠다며 다시 잠깐 다녀오기도 했습니다. 그러고 나서야 떠나겠다고 이야기합니다.

다시 독일로, 이탈리아로, 또 한국 어딘가로 흩어져 갈 텐데, 부모가 돌아갈 곳은 이탈리아에서도 코로나가 가장 맹위를 떨치고 있는 북쪽 롬바르디 지방이었습니다. 잠깐 떠난 사이 벌어진 사태라 우울하지 않을 리 없건만, 가는 곳마다 손님이라곤 없어서 호텔도 렌터카도 너무 싸다며 자기들이 코로나 덕을 너무 보는 게 아닌가 미안해합니다.

땅덩이 위 이 머나먼 한 점에서 잠깐 모인 이 가족과는 많은 추억이 얽혀 있습니다. 그 엄마도 31년 전 지금의 막내딸과 똑같은 나이에 대학입학 자격시험을 쳐 놓고, 한국에 온 적이 있습니다. 기차를 타고 시베리아와 일본열도를 거쳐서 왔던 그때 그 소녀 니나는, 네댓 살 때 입양아로 한국을 떠났던 사람입니다. 한국어를 한 마디도 못하면서, 연고를 찾아보겠다고 뜨거운 여름에 그 먼 길을 와서, 신이 다 닳도록 전국을 헤매 다녔건만 결국 연고는 찾지 못했고, 그래도 저를 만났습니다. 그 3~4년 뒤 결혼을 하여 좋은 가정의 일원이 된 그녀가 독일인 시어머니까지, 온 가족과 함께 한 차례 더 다녀갔습니다. 그러고는 그녀 역시 저처럼 삶에 매몰되어 지냈을 것입니다. 이번 만남은 27년 만에 다시 이루어진 것이었습니다.

그녀야 절실함이 있지만, 부군이나 자녀들까지 그럴 수야 없겠지요. 그럼에도 여기서 만나 서로 다투듯 재빠르고 몸 가볍게 함께 일하며, 함께 밥 지어 먹는 다정한 모습을 보고 있노라면 저는 가끔씩 뭉클해서 눈시울이 젖는 것 같았습니다. 언젠가 버려졌던 니나가 이룬 너무나도 따뜻한 가정, 정말 잘 커준 세 자녀들의 모습이 감동적이어서 그렇고, 또 니나가 항암치료를 끝내고 곧바로 찾아온 곳이 이 땅이라는 걸 알기에 더욱 그랬습니다. 그래서 자녀들도 선발대 혹은 후발대로 이곳저곳에서 달려왔으리라 짐작하기에 더더욱 그렇습니다.

어느덧 베를린장벽이 무너진 지 꽤 오랜 시간이 지났습니다. 그 30주년이었던 2019년 11월 9일에 저는 독일에 가 있었습니다. 베를린장벽이 무너진 직후에도 우연히 그 현장에 있었기에, 매일 그곳을 헤매면서 본 것들을 허겁지겁 기록하고 전하던 기억이 여간 새롭지 않습니다. 그때는, 무너지는 장벽을 똑똑히 보아두고 잘 전하는 것이 우리의 통일을 앞당기는 일인 것만 같아 발이 부르트도록 현장을 쏘다니고 손가락이 굳도록 글을 썼었습니다.

그후로 30년, 헤아릴 수도 없이, 여권 넷이 출입국 확인 도장으로 찰 만큼 독일에 갔고, 그때에도 역시 늘 그렇듯, 해야 할 강연들 때문에 갔었지만 그 첫째 이유가 유별났습니다.

옛 제자 하나가 공부 자리를 차렸다고 연락해왔습니다. 그래서 저는 그곳에 참석해 독일통일, 한국분단, 글로벌해진 세계에 세워진 보이지 않는 장벽들에 대한 이야기를, 장벽 붕괴 기념일까지 장장 나흘 동안 집중해서 했습니다. 밥 먹을 틈조차 별로 없어, 회의실 바깥에는 틈틈이 허기를 메우라고 빵과 음료가 늘 놓여 있었지요.

서막이 된 단상토론은 유서 깊은 옛 성에서 열렸는데,

단상에 앉은 면면이 이미 흥미로웠습니다. 독일에서 태어나 자랐는데 미국에서 자리잡은, 이민자 문학 전공의 한국인 3세 미국 대학 교수, 독일인 독일문학 교수, 독일에서 자란 한국인 2세 역사학 교수, 그리고 먼 한국에서 독일 분단과 통일을 유난한 관심으로 지켜본 저와, 중국의 비즈니스 스쿨에서 글로벌 경제를 다루는 영국인 교수였습니다. 다들 베를린장벽의 붕괴를 직접 체험했던 사람들이라 공감도 컸고 할 말도 많았습니다. 다음날에는 독문학에 반영된 독일 통일을 독일 교수와 오스트리아 교수가 문학작품을 통해 얘기하고, 그런 독일문학작품들이 분단한국에서 번역된 연유를 한국 교수가 얘기하고, 분단이 다루어진 한국 작품(최인훈의 「금오신화」에서 김시습까지)에 대해서는 다시 독일학자가 치밀한 분석을 더했고, 점점 지역이나 장르가 넓혀졌습니다.

인도의 지방연구소에 앉아 놀랍도록 정확하게 진단하는 한국분단 문제, 인종 문제를 폭발시킨, 무리하게 그어진 스리랑카의 국경 문제, 인구 16퍼센트를 넘는 2억 인도 불가촉천민들의 현황을 당사자들이 얘기하고, 미국과 멕시코 사이에 쳐진 장벽에 관해서는 그걸 보고 사는 미국인 교수가 증언하고, 피로 그린 저항 작품들, 또 예전에 유대인들에 대해 그어졌던 편견의 장벽들은 유대계 미국인 교수가 얘기했습니다.

그 모든 건, 세상의 보이는, 또 보이지 않는 많은 장벽들이며 그것에 대한 책임을 생각하는 자리였습니다. 나흘간 길게 논의된 것이, 9일 기념일에 독일 대통령의 한마디로 요약되었습니다.

“베를린장벽은 무너졌지만, 우리는 많은 내적 장벽을 세웠습니다. 그걸 허물 사람도 우리입니다.”

당장 뾰족한 수야 있으랴만, 이렇듯 생각하고 또 생각해보는 것이 그 많은 문제들을 조금이나마 완화하는 길 아닐까요. 그래서 다들 쉬는 시간, 먹는 시간까지도 이야기를 그치지 못했던 것 같습니다. 여전히 분단국일뿐더러 사회의 내분, 내홍이 점점 심해지고 있는 곳에서 사는 저야 더더욱 그랬습니다. 그러나 좋은 연구가들, 젊은이들을 만났고, 아주 좋은 것 한 가지가 남았습니다. 그것은 바로 언뜻 보면 평범해 보이는 사진 한 장입니다.

앞서 말했듯 이 학회 주최자는, 예전에 제가 뮌헨대학에서 독일교수와 함께 분단문학 수업을 했을 때 수업을 들었던 독일학생입니다. 그후 서울에 있는 저의 학교까지 따라와서 최인훈의 『광장』으로 멋진 석사논문을 써서 두 대학의 학위를 받았고, 이어 미국으로 건너가서 박사

학위를 받고 이제 제 나라 독일로 돌아가 한국학과에서 일하고 있습니다. 한국학의 한 코너가 그이 덕분에 앞으로 탄탄해질 것만 같습니다.

자신에게 필요한 선생을 찾아 땅끝까지도 달려갈 줄 알았던 그 독일 소녀 비르깃이, 이제 자기 나라 학계에서 자리 잡았다고 세 대륙, 네 나라에 있는 스승 넷을 모두 모으고, 많은 전문가들을 더하고, 또한 세계 젊은이들을 모아 이런 야무진 공부 자리를 만든 것이었습니다. 곱고 똑똑한 비르깃과 네 명의 선생들이 함께 찍은 "가족사진", 그녀는 이를 "학문의 가족사진"이라고 말했습니다. 인생에서 쉽사리 찍히기 어려운 것이라 자꾸 보게 되고, 보고 있노라면 많이 기쁩니다. 언젠가 그녀도 우정에 와 뜻깊은 시간을 보내고 가리라는 생각에 이 글을 쓰는 지금도 참 설레는 마음입니다.

제가 서원에 지은 이 작은 집은 소박하지만 거기서 비롯된 기쁨과 의미가 정말이지 너무나 커서, 더 크게 짓는다고 해서 더 나은 것을 얻을 수 있을 것 같지 않습니다. 오늘 하루도 제게 주어진 것에 감사하며, 앞으로 우정에 방문해 아름다운 이야기를 만들어갈 사람들의 환한 얼굴을 가만히 떠올려봅니다.

인식했으면,
무엇이 세계를
그 가장 깊은 내면에서
지탱하고 있는지

Daß ich erkenne was die Welt
Im innersten zusammenhält.

전 세계가 몹쓸 병에 시달리고 있는 요즘에야 다니지 못하지만, 꽤나 자주 독일을 오가면서도 올 때는 번번이 책 짐 때문에 고생하곤 했습니다. 트렁크에는 다 안 들어가서 배낭에, 손가방에 잔뜩 넣어서 가까스로 공항 게이트를 통과하곤 합니다. 지난번에는 더욱 난경이었습니다. 예약주문을 했던 책이 그사이 나왔는데, 제가 다른 도시에서의 빠듯한 일정 때문에 가지러 가지 못하자 친구가, 공항 가는 길에 찾아가라고 프랑크푸르트 시내에 있는 서점에다 맡겨두어서 그걸 도중에 찾아와야 했던 것입니다. 그런데 그 책은 그것 하나만 들고도 걸음을 옮기기 어려운 무게였습니다. 10킬로그램쯤 된다는 이야기를 전화로 들었지만 과장이려니 했는데, 막상 직접 들어보니 그 갑절이 넘는 것 같았습니다. 안 그래도 힘에 부치는 짐에다 그런 걸 더하였으니 정말 도리가 없었습니다. 어찌어찌 공항까지 가서 비행기는 탔으나, 돌아와서 한 이틀 자리에서 일어날 수가 없었지요.

그런 무거운 책, 내용은 더더욱 무겁습니다. 60여 년을 두고 썼고, 생애의 마지막 순간까지 고쳐 썼건만 당대에 이해받으리라고는 기대할 수가 없어서, 81세의 노 시인이 그 귀한 원고를 봉인을 해서 장롱에 넣어버렸던 그 책, 짐작하시겠지만 『파우스트』의 마지막 육필 영인본이었습니다. 그러나 82세이던 이듬해 정월 시인은 다시 봉인을 뜯어 또 고치고 3월 22일 세상을 떠납니다. 때로는 단어를, 때로는 문장을, 때로는 문단을 고쳐서 오려 붙인 원본을 오려붙인 모습 그대로 고스란히 재현한 영인본이 제가 들고 온 책이었습니다.

어느 해 겨울, 그 귀한 원고를 직접 볼 기회가 있었습니다. 평범한 분들 덕분이었습니다. 독일 바이마르에서 열린 괴테 아카데미 행사에 갔는데, 대체로 연로하신 분들이 고전을 다시 읽어보겠다면서 모여, 최고 전문가들의 해설을 들어가며 여러 날을 아침부터 저녁까지 꼬박 공부를 하고 있었습니다. 그 모습도 놀라웠고, 낯선 분들이

제가 거기 있다고 또 한국어 번역에 대한 이야기를 부러 청해 듣는 것도 놀랐습니다. 사실 이런 분들이야말로 문화와 예술, 학문을 키워가는 장본인들이고, 그런 사람들이 많은 것이 제가 독일에서 가장 부러워하는 바입니다. 괴테, 쉴러, 베토벤, 모차르트도 다 저런 분들이 있었기에 활동할 수 있었고 또 우리 곁에까지 와 있는 것이지요. 이들을 위해 괴테 쉴러 아카이브가 육필 원고를 공개하는 특별한 자리를 마련했습니다. 저도 달려가서 손을 떨며 보았습니다.

그런데 작년에 바로 그 원고가 영인본으로 출간된다는 소식을 듣고, 만만치 않은 가격이었건만 앞뒤 안 가리고 예약부터 했습니다. 펼쳐보니 참 놀라운 책이었습니다. 백과사전보다도 큰 폴리오 판형인데, 그 1831년의 원고 원본과 큰 차이를 크게 못 느낄 만큼 선명한데다가 죽음을 앞둔 노시인이 한 글자 한 글자 별지에 써서 일일이 오려서 군데군데 붙인 쪽지 종이도 정말이지 원본과 똑같이 오려 덧붙여서 재현해두었습니다. 영인본 한 권 한 권을 그렇게 제작한 것이지요. 책은 두 권으로 이루어져 있었는데, 또 한 권은 읽기 어려운 필기체를 로마자로 바꾸어서 전체 수정 과정을, 순서에 따라 각기 다른 여러 가지 활자체로 표시한 것이었습니다. 60년 동안 쓴 괴테도 대단하지만, 그것을 그렇듯 소중히 여기는 후대도 참으로 대단합니다. 더구나 지금은 세계 어디서나 책의 지위가 많이 위축된 시대인데 말입니다.

그 책을 보고 있노라면, 어지러운 세상사가 잠시 아득해집니다. 보통 곁에는 제가 읽어 온 보통 『파우스트』 판본도 놓여 있지요. 그 책은 낱장으로 흩어져 고무줄로 묶어두었습니다. 45년을 두고 읽은 탓입니다. 또 그 곁에는 저의 귀국에 맞추어 도착한, 새 번역본이 놓여 있습니다. 이제야 좀 옮길 수 있을 것 같아 오랫동안 번역해 몇 해 전 겨우 출간했습니다. "첫 번역처럼, 운문처럼"이라고 해설의 제목을 달았습니다. "운율의 보고"라 불리는 그 정교함을 다 살릴 수야 없지만, 초심으로, 평생을 걸고 옮겨 제대로 전하고 싶은 작품이 세상에 있다는 것이 참 감사할 따름입니다. 이제는 속도뿐만 아니라, 천천히 공들이는 일들의 가치에도 조금씩 눈이 가야 할 때인 것 같고, 그래야 사회도 견고해질 것 같아서 더욱 그렇습니다.

글 읽는 거야 평생의 업業이지만 그렇다고 제가 표 나

게 책 많이 읽는 사람으로 나설 수 있겠는가 하는 자문이 있어 글쓰기를 망설이곤 했었습니다. 그럼에도 여러 기회를 핑계 삼아, 무얼 어떻게 읽어 왔는가를 조금씩 돌아보게 되었습니다. 언젠가 '천치의 종교'라는 거창한 제목으로 다음처럼 시작되는 우스운 글을 쓴 적도 있지요.

"히- 히- 공부해야지……"

그런 일도 있었다. 작은 방 한 칸의 뮌헨 숙소, 욕실로부터 책상까지의 서너 걸음을 딛는 동안 저도 모르게 입에서 그런 어처구니없는 혼잣말이 흘러나왔다. 얼마나 한심하던지. 손에 든 책을 놓지 못해서 화장실을 못 가고 있다가 읽을 책장이 몇 장 안 남자 문득, 다 읽어 버리는 것이 아까운 생각이 들었고, 그제야 겨우 자리에서 일어나 잽싸게 화장실을 다녀오던 참이었다. 얼마나 한심하던지. 도대체 내 나이가 몇이던가.

그런 천치 같은, 쉰여덟 아낙의 손에서 아주 잠깐 놓여났던 작은 책은 이제야 손에 잡힌 푸코의 『담론의 질서』였다. 그의 전형적인 지식론, 담론론이 무르익은데다 어눌함을 가장한 듯한 재치와 인간적 매력까지 더해진 강연문인 터라 매료되었던 것 같다. 'l'ordre'가 보다 '질서Ordnung'이겠는가, 보다 '명령order'이겠는가를 저울

질해가는 재미도 만만치 않았었다.

글의 힘. 아직도 때로는 세상을 움직이기도 하는 글의 힘이 어디에서 나오는가는 지난 몇 년간 골똘히 생각해 온 주제이기도 하다. 어떻게 그런 글들은 쓰이는 걸까. 제대로 공부를 했더라면 이제쯤은 가끔은 어쩌면 그런 글을 스스로 쓸 수도 있어야 할 때이건만, 이제야 가까스로 그런 글들을 찾아 읽을 수 있게 된 것 같다.

그러나 삶과의 괴리가 역력합니다. 예컨대 경제관념이 없습니다. 사실 돈을 쓸 시간도 별로 없었지요. 더 벌어들일 시간이야 더더욱 없었습니다. 그럼에도 어떻게든 살아졌습니다. 남 보기에 제법 잘 살아졌습니다. 계발하지 않는 능력은 위축되게 마련이라, 웃지 못할 이야기가 한둘이 아닙니다. 그렇다 해도, 돌아보면 글을 배워 좋은 글들을 읽을 수 있었던 것이야말로, 더할 나위 없는 축복이라는 생각이 듭니다. 글을 만나고, 글을 통해 사람을 만나고, 또 같은 글을 읽은 사람들을 직접 만나게도 되고…… 얼마나 많은 소중한 사람들을 만났는지, 그 사람들의 마음속이야말로 제 삶의 천상적 지분인 것 같습니다.

돌아보니 천치가, 세상에서 한 가지는 야무지게 해낸 일이 있다. 좋은 도서관들에 제 자리를 만든 일이다. 뮌헨에도, 베를린에도, 바이마르에도, 케임브리지에도, 잠시 들른 더블린과 시카고에까지도 G자 어름쯤의 서가—근년에 괴테에 몰두한 탓이다—가까운 창가, 한 그루쯤 나무가 가지를 드리운 곳에 내 자리가 있다. 아니, 세계는 내게 도서관 내 자리의 망網이다. 세상 어딘가에, 곳곳에, 나를 아끼는 사람들은 그리로 나를 찾아올 만큼, 때로는 우편물이 그리로 올 만큼의 내 자리가 있다는 건 얼마나 큰 부유함인지. 그런데 도서관에서야 어딜 가든지 그냥 앉아만 있으면 내 자리가 되니 쉬웠다. 달리 지상 어디에 그리 쉽게 한 자리가 생기겠는가. 세상사 서툰 사람이 세상에서 야무지게 해낸 일도 한 가지는 있는 것이다.

그러나 점점 더 계산이 잘 안 됩니다. 계산이 안 되는데, 아니, 계산이 안 되어서 이제는 책의 집을 직접 지어 지키고 있습니다. 여백서원. 책이 가득한데, 이름은 여백이라 지었습니다. 책도 읽지만 숨 한번 돌리며 자신을 돌아보라는 뜻을 담았는데, 실은 여백餘白이 아니라 여백如白입니다. 흰빛 같이 맑은 사람들을 위한 책의 집인 것입니다.

어디서부터 왔을까요. 저는 워낙 산골 태생인데, 국민학교 5학년을 마치고부터 서울에서 혼자 살았습니다. 그때 제가 살던 곳에서 서울까지의 거리는 기차로 여섯 시간 반 정도였는데, 그때 제게 서울은 오늘날의 유럽보다 훨씬 더 멀었습니다. 어쩌면 달보다 먼 거리였지요. 문화충격도 없지 않았던데다가 여러모로 감당할 게 참 많았습니다. 무엇보다 입학한 중학교가 명문이라 좋은 가정의 딸들이 많다보니, 글자 그대로 촌 아이인 자신이 미운 오리새끼처럼 느껴지기도 했습니다. 수업이 끝나면 도서실에 앉아 있거나 학교 앞 작은 서점에 들렀다가 초라한 하숙방으로 돌아갔습니다. 고향집에서는 매달 하숙비 외에 용돈도 조금 왔는데, 저는 그 돈을 쓸 줄을 몰랐습니다. 언젠가 붕어빵을 구워 파는 수레에서 붕어빵을 한 봉지 사본 기억만 남아 있네요.

그때 마침 을유문화사와 정음사에서 세계문학전집을 펴내고 있었습니다. 저는 학교 앞 그 작은 서점에서 을유문화사 세계문학전집을 샀습니다. 한 권에 200원 남짓했던 그 책들이 저의 첫 재산이었습니다. 까마득한 이야기인데도 풀빛 하드커버의 촉감이 아직도 생생합니다. 알듯 모를 듯한 책들을 그냥 읽었습니다. 『제인 에어』나 『개선문』이나 『누구를 위하여 종은 울리나』 같은 잘 읽히는 책도 읽긴 했지만, 『모비딕』도 읽고, 『신곡』도, 『팡세』나 『파우스트』도 읽었습니다. 독서讀書가 아니고 그야말로 간서看書였을 것입니다. 그래도 릴케를 읽고 헤세를 읽었기에 나중에 대학교도 독문과로 갔습니다.

대학교 2학년 때 난생처음으로 독일어 원서인 횔덜린의 『휘페리온』을 샀는데, 그게 너무도 귀해서 내내 안고 다녔습니다. 읽기보다는 들고 다녀서 낡았지요. 한 번도 쉰 적 없는 아르바이트 월급날이면 그때부터는, 충무로에 있던 나라에 하나뿐인 독일 책 전문 서점 '소피아'에 갔습니다.

3선 개헌, 즉 독재의 시작과 더불어 시작된 대학 시절에는 수업이 제대로 된 적이 거의 없어 졸업을 하려니, 정말이지 배운 것이 너무도 없어서 얼마나 부끄럽던지요. 아무런 전망이 없었고, 산더미같이 밀려오는 사회적, 개인적 문제를 감당할 힘이 없었습니다. 어찌어찌 유학길에 올랐으나 새 책을 살 형편은 아니라 헌책을 있는 닥치는 대로 사고, 산더미같이 복사를 했습니다. 제대로 마무리하지 못한 유학에서 돌아오니 상황은 더 나빠져서, 독일에서 겨우 제대로 시작된 공부를 이제는 막막하게 집에 혼자 쭈그리고 앉아 해야 했습니다. 볼 책은 자꾸 늘어나는데 책을 구할 수가 없었습니다. 어렵사리 구한 책들은 식구들이 모두 잠든 한밤중에야 일어나 읽었습니다. 집중해서 읽었습니다. 집중해서 읽는다는 건 저에게는 늘 동시에 번역을 하는 것이었습니다.

당시에 쓰던 타자기는 교정이 안 되어서, 책 한 권을 읽으면, 즉 번역하면 문장을 고치느라 다섯 번씩은 타이핑을 한 것 같습니다. 그래서 자주 손가락이 고장나곤 했습니다. 마무리가 되면 꼭 그것에 대한 글도 썼습니다. 예컨대 어려운 파울 첼란의 시는 전체를 다 번역했고 그 다음에 쓴 글은 모여 『어두운 시대와 고통의 언어: 파울 첼란의 시』가 되었습니다. 분단문학으로 주제가 옮겨갔을 때는 『나누어진 하늘』 『민감한 길』 『참 아름다운 날들』 등 동독에서 나온 책들이 옮겨져 모두 서랍으로 들어갔고, 나중에 어쩌다 기회 있을 때면 책이 되기도 했습니다. 그리고 틈 나는 대로 쓴 글은 모여 『독일의 현대문학: 분단과 통일의 성찰』 같은 책이 되었습니다. 그 어려운 시절의 버릇은 평생 동안 계속되었습니다. 남의 나라 문학이 본업인지라, 읽은 것에 대한 글은 저절로 독일어로도 쓰이게 되었고 그러다보니 독일에서도 저서가 제법 여러 권 나오게 되었습니다. 천천히, 번역까지 해가며 읽은 책 한 권 한 권과 더불어, 매번 하나의 세계가 열려 오곤 했습니다. 유라시아 대륙을 끝에서 끝으로 내 두 발로 달려간 것도 같습니다. 나중에는 실제로 달려가기도 해보았지요.

대학에서 가르치면서도, 가장 오래한 수업은 "즐거운 책 읽기"를 표방하는 '독일 명작의 이해'라는 수업이었습니다. 출석도 시험도 교재도 없는 수업이었는데, 학생들이 책을 읽고, 함께 얘기하고, 학기말에는 교재를 자기가 만들어 제출해야 했습니다. 아마 어떤 수업보다 부담이 컸으련만 다들 참 열심히 했지요. 그들이 만든 창의력 넘치는 "교재" 중 가끔씩 선물받은 복사본만으로도 서원 한켠이 가득하고, 20~30년 전에 수업을 들은 사람들이 아직도 서원을 찾아옵니다. 함께 책을 읽던 추억은 사람들을 참 오래 묶어주는 것 같습니다.

이제 책 같은 건 없어도 살 듯한 세상이지만, 저는 책이 있어 산 것 같습니다. 책을 통해, 달리는 도저히 만날 수 없는 사람들을 만나며 사는 사치까지 누렸습니다. 글을 읽다보면, 좋은 글을 찾아 읽게 되고, 그런 글을 쓴 큰 사람을, 시공과 무관하게 만나게 됩니다. 잠깐 차 한 잔을 나누어도 가까워지는데, 누군가가 온 힘을 쏟아, 때로는 인생을 다 바쳐 쓴 책 한 권을 읽는다는 건 실로 엄청난 일입니다.

같은 글을 읽었다는 이유만으로도 사람들은 또 얼마

나 가까워지는지 모릅니다. 첼란의 시를 읽었다는 그 하나의 이유로 처음 본 저를 간곡하게 초청하던 루마니아 학자, 『파우스트』를 읽고 번역했다는 이유만으로, 먼 극동에서 온 낯선 작은 여자에게 정중히 강연을 부탁하던 독일 괴테학회장, 『서·동 시집』에 대한 강연을 듣고 200년 전에 나온 그 귀한 초판본을 선뜻 건네주던 독일인 부부, 중국이 처음 개방되었을 때 자금성 계단에서 마주쳐—이곳에 와보지도 않고 카프카가 그 계단에 대해서 썼던 글을 둘 다 알기에—말없이 서로 미소만 지었던 독일 카프카 연구가…… 함께 책을 읽는 즐거움을 나눈 멀고 가까운 곳의 참 많은 얼굴들이 끝없이 눈앞을 지나갑니다. 그런 사람들의 마음속이야말로 내 삶의 천상적 지분인 것 같습니다.

그렇게 한 권, 한 권의 책으로 만나고 책으로 이야기했습니다. 아직도 그렇습니다. 학교 연구실을 떠날 때 책 짐을 꾸리다보니 가까스로 들리는 무거운 박스가 250개나 되었지요. 그 책들이 서원의 일부가 되었고, 이제는 여러 사람들과 나누어 읽고 있습니다. 퇴임 후에는 서원을 혼자 돌보느라 그전보다 일이 훨씬 더 많아지고 읽고 옮기고 쓸 책도 더 늘어나, 주경야독이 격심해졌습니다. 그래도 가장 행복한 시간은, 서원에서 해야 하는 일들을 어느 정도 마무리한 늦은 밤, 작은 등불을 들고 캄캄한 후원을 걸어 작은 단칸방 집의 불을 켤 때입니다. 혼자 책을 읽고 글을 쓰는 시간인 것입니다. 노동하고, 읽고, 쓰고. 아마도 그게 마지막 날까지의 저의 모습일 것 같습니다.

꿈꾸고 사랑했네,
해처럼 맑게
내가 살아 있는 것,
알게 되었네

Ich träumt' und liebte sonnenklar,
Daß ich lebte, ward mir gewahr.

"맑은 사람들을 위한 책의 집." 제가 가꾸고 있는 여백서원이 꿈꾸는 이상입니다. 서원을 감싸고 있는 얕은 산 능선을 따라 작은 오솔길이 나 있습니다. 작지만 참 아름다운 길인데, 그 길을 조금 걸어 만나게 되는 전망대에 오르면 아득히 펼쳐진 주변 사방의 산과 숲이 한눈에 들어옵니다. 그 전망대 위에 종잇장만한 자그마한 석판 두 개를 비스듬히 세워놓았는데, 그중 하나에 아래의 시구를 새겨놓았습니다.

꿈꾸고 사랑했네, 해처럼 맑게
내가 살아 있는 것, 알게 되었네

긴 생애의 끝머리에서 이렇게 말할 수 있는 생애는 어떤 것이었을까, 늘 묻게 됩니다. 이 시구는 어떤 청년이 젊은 날 가볍게 한 혼잣말이 아닙니다. 이름만으로도 무겁게 다가오는 거장이 생애의 끝머리에 운韻을 맞추어, 정교히 다듬어 한 발언입니다. 그래서 더 많은 생각을 하게 합니다. 긴 노역의 삶 끝에서 이렇게 말할 수 있을까. 성취의 어느 지점쯤에서 이런 말은 나올 수 있을까.

60여 년을 썼다는 『파우스트』 한 편의 이름만으로도 괴테는 버거운 존재입니다. 편수도 잘 헤아릴 수 없는 시들, 사연도 많고 때로 한 장르의 전범이 되기도 하는 소설들, 수많은 드라마…… 40년을 매달린 『색채론』은 또 어떻고요. 식물학, 광물학, 기상학, 동물학에 대한 논문도 많고, 프랑스 왕립 학술원에서 발표된 자연과학 논문도 있다는데 정말 한 사람이 한 일이 맞는가 싶습니다. 게다가 모차르트의 〈마술피리〉 2부도 기획했다고 하고, 남은 그림 스케치만 2500여 점에, 사는 동안 쓴 편지의 양도 어마어마하다는데…… 그의 바이마르 판 전집은 본문만 143권입니다. 뮌헨 판 전집이나 프랑크푸르트 판 전집은 33권, 46권에 불과하지만, 한 권이 1500쪽을 훌쩍 넘기기 일쑤라지요.

그런데 모두 사실입니다. 괴테는 당시까지만 해도 지방어라는 인식을 면치 못했던 독일어 문학을 세계문학의 반열에 올려놓았습니다. 그런데 가만히 살펴보면, 문인 괴테는 인간 괴테의 한 면모에 불과합니다. 무엇보다 평생, 작은 나라이기는 했지만 바이마르 공국의 현직 4부 장관이었습니다. 교육, 문공, 산업(광산), 세무가 그의 주관 분야로, 산업부흥과 문화증진을 통해, 위로부터의 개혁을 통해 민생을 개선하고 또한 대학을 보살피며 교육을 통해 작은 나라를 이끌어올리고자 했던 정치인이며 26년간 극장을 이끌었던 연극인이고, 38년간 도서관 감독을 하면서 온갖 세계 신간을 모아들여 작은 공국을 문화의 한 메카로 만들면서, 당대의 세계 문물, 세계 지성과 교류를 활발히 했던 전인적 지성입니다.

대체 그것이 어떻게 가능했을까요? 그것도 신기한데, 그런 막중한 사람이 하는 말이 "꿈꾸고 사랑했네, 해처럼 맑게/ 내가 살아 있는 것, 알게 되었네"라니요.

그런데 이 소박함 역시 진정성이 묻어납니다. 괴테는, 그 거대함과 이 소박함이 동시에 참인 드문 인물이었습니다. 아니 좀더 정확하게는, 이런 소박함으로써 언제든 그 순간 자기에게 절실한 문제에 성심과 전력을 다해서 그것에 대해 생각하고 씀으로써 스스로 그 문제를 극복했습니다. 그것이 문제 극복의 전형적 방법이었으며 결과적으로는 절실한 작품들이 남았고 그런 것들이 쌓여서 그의 '거대함'을 만들어간 것입니다. 씀으로써, 이룸으로써, 자기 자신의 당면 문제를 넘어서고 나아가 자신의 민족의 문학사, 문화사, 세계의 지성사를 써내려갔습니다.

문학작품의 경우, 특히 그의 시편들을 막상 읽어보면, 큰 인물이라는 선입견이 주는 압도감과는 전혀 다른 소박함에 놀라게 됩니다.

문학이며 철학에, 과학에, 늘 자신과 사회의 당면 '문제'에 대해서도 그토록 열정적이었던 사람이 그 본질이 열정인 사랑에야 오죽했을까요. 괴테의 사랑 이야기가 많이 회자됩니다. 얼굴 한 번 보려고 어둠 속을 여섯 시간씩 말 달려가던 청년의 이야기, 창문으로 빤히 마주 보이는 집으로, 그다음에는 한 골목 안 두어 집 건너 집에 사는 결코 닿을 수 없는 사람(슈타인 부인)에게 보낸 것만 1800통이 넘는 편지 이야기, 아직 엄혹한 계급사회였던 한 공국의 2인자였던 그가 조화공장 여공과 동거하여 아들까지 낳아버리고 17년 뒤에야 형식을 갖추는 이야기(얼마나 입방아에 올랐을까요), 일흔넷이 되어 며느리보다도 일곱 살이나 어린 열아홉 살 소녀에게 청혼했던 이야기…… 그 밖에도 한두 건이 아닙니다. 어느 이야기에든, 얼마든지 길게 할 수 있는 뒷이야기가 없지 않습니다.

그런데 평생의 배우자가 된 그 아내 말고는, 그 어느 이야기에도 아무런 실속은 없었습니다. 한 시절의 (대체로 실현이 어려웠던) 열정과 실의가, 문학작품으로 빚어져 남았기 때문에 그토록 회자되는 것입니다. 그 작품들은 또한 성장과 자기수양의 증거이기도 합니다. 괴테는 캄캄한 어둠 속을 여섯 시간씩 달려가 만났던 그 소박한 시골 목사님 따님을 결국 떠났지만 그녀 프리데리케는 대작 『파우스트』에서 지순한 여성 그레트헨이란 인물로, 마지막에는 "우리를 구원하는" "영원한 여성성"의 구현으로 남았다고 하기도 하고, 기혼이던 슈타인 부인과의 거리는, 오로지 사회적, 문학적 성숙에 이른 자기수양의 과정이 있었을 뿐, 지켜야 할 모든 것이 그대로 변함없이 지켜졌고, 고향 지인의 아내와 함께 읽은 페르시아 시인의 시, 그리고 사랑은 찬란한 『서·동 시집』 속으로 녹아들었으며, 아내와 사별하고도 한참 후인 그 마지막 사랑은—군주가 매파로 나서기까지 했으나 체코 귀족이던 소녀의 가문에서 거절하였습니다—돌아오는 마차 안에서 실의를 수습하며 낡은 달력에다 휘갈겨쓴 시, 그러나 그야말로 주옥같은 명시 「마리엔바트의 비가」로 남았습니다. 그 어떤 만년의 노욕이나 도착 같은 것 때문이 아니라, 그 시편의 아름다움 때문에 회자되는 것입니다.

> 인간이 그 고통 속에서 말을 잃어도
> 신 하나가 나에게 말하게 했다. 무얼 내가 괴로워하는지

그랬습니다. 그래서 썼습니다. 그 나이에도 그토록 사랑하고 괴로워할 수 있었습니다. 참으로 놀라운 사람입니다.

괴테는, 그 어느 연령에서든, 자연과 세상과 사람을 놀라워하며 바라보았습니다. 사람을 사랑했고, 사랑할 수 있었습니다. 그런 소박함이 아마도 그의 위대함의 핵이 아니었을까 짐작해봅니다.

괴테는 『파우스트』에서 놀라워함, "전율"이 "인간의 가장 양질의 부분"이라고 말합니다. 긴 생애의 끝까지 괴테에게서는 이 놀라움, 경탄의 능력이 사라지지 않았습니다. 논설이, 문학이, 시가 결정結晶처럼 서서히 맺혔지요. 깨어 있었습니다. 혹은 그렇게 살아 있었습니다. 생애 끝까지 말입니다.

세상 무엇이든 더이상 놀랍지 않을 때, 그 무감각은, 생물학적 연령이 어떻든 이미 실질적인 삶의 종말인지도 모

릅니다. 이는 『파우스트』의 핵심 주제에도 닿아 있습니다. 파우스트가 메피스토펠레스와 하는 계약조건은, 그 어떤 아름답고 만족스러운 순간을 향하여 "멈추어라! 너 참 아름답구나!"라고 말하면 악마가 그의 영혼을 가져간다는 것입니다. 파우스트는 메피스토펠레스에게 덧붙입니다. "언젠가 내가 느긋이 게으름의 침상에 눕게 된다면, 나는 바로 끝장난 것", "향락으로써 나를 기만할 수 있다면", "내가 순간에 머무른다면, 나는 어차피 종. 너의 종이냐 누구의 종이냐를 묻진 않겠다." 그런데 메피스토펠레스가 세상 그 무엇을 제공해도, 파우스트가 그 계약의 말을 도무지 하지 않는 바람에 작품 『파우스트』는, 1만 2111행에 달하는 대작大作이 되었다 했지요. 또한 작품이 쓰인 시기를 훨씬 넘어서서, 끝없이 욕망에 추동되는 근대인의 거대한 드라마가 되었고요. 원래 소재는, 기독교권 안의 흔한 권선징악의 예였는데 말입니다. 파우스트를 이토록 거대한 작품으로 만들어낸 것도, 아마 소박한 호기심이 그 추동력이었을 것입니다. 세상을 그 가장 내면에서 지탱하고 있는 것이 무엇인가 하는 근본 물음과 결코 무뎌지지 않고 결코 무감각해지지 않는 감각, 열림이었을 것입니다.

팔을 책상 위의 쿠션에 올려야 할 만큼 지칠 때까지

읽고, 쓰고, 실험하고 또 구술한 사람. 그러나 일어서면 또 흔쾌히 정답게, 적절히 손님을 맞이하던 괴테의 얼굴을 그려봅니다.

—

최근에는 여러 해 동안 해오던 작업 한 가지를 마무리 했습니다. '세상에게'라는 제목으로 묶이게 될, 괴테가 쓴 편지들의 초벌 번역작업이 바로 그것입니다. 이 편지들은 '사랑에게' '친구에게'와 함께 총 세 권으로 기획된 괴테 서간집의 마지막 권 원고입니다. 1만 5000여 통의 편지에서 책 세 권 분량을 골라 번역했습니다. 편지 한 통 한 통이 다 귀하고, 넣을까 뺄까 하는 망설임이 워낙 커서 미처 정확한 편수를 헤아릴 겨를도 없었습니다. 놀라울 정도로 다방면의 활동을 하며 방대한 작품을 쓰는 와중에도 괴테가 보낸 편지는 2만여 통으로 추정되는데, 그중 남아 있는 것이 1만 5000통가량입니다. 그 많은 편지를 쓴 사람도 대단하지만, 200여 년 전에 여기저기로 보낸 편지를 그만큼이나 회수해 보관하고 있는 후손들도 참 대단하다는 생각이 든다고 했지요. 그 힘이 어디서 나올까 생각하게 됩니다.

편지에는 마지막 순간까지 흐트러지지 않는, 그침 없는 활동과 연구의 생애, 성찰의 생애가 반영되어 있는데, 막바지로 갈수록 오히려 가열한 정신이 선명하게 빛납니다. 임종을 닷새 앞두고 큰 학자 훔볼트에게 쓴 긴 편지의 끝부분, 마지막 몇 문단만 가져와봅니다. 이 빛나는 정신의 편린이 조금이나마 엿보일까 해서입니다.

『파우스트』의 콘셉트는 내게서 젊어서 이미, 상세하게는 아니지만 처음부터 명확하게, 전체 순서대로, 앞에 놓인 지 60년이 넘었습니다. 그 의도와 내가 늘 살며시 함께 왔지요. 다만 그때그때 마침 가장 관심 있는 부분들을 하나씩 써갔고요. 그러다보니 2부에서는 빈틈들이 남아 있어, 그때는 균일한 관심으로 틈을 메워 나머지와 연결시켜야 하게 되었죠. 그러자니 물론, 원래는 다만 자발적이고 행동적인 자연에 따라 이루어져야 할 것에 원칙과 성격을 통해 도달해야 하는 큰 어려움이 있었습니다. 그러나 그렇게 오래 활동적인 삶, 숙고하는 삶을 살고도 그렇게 할 수 없다면 그것 또한 좋지 않을 겁니다.

그렇게 평생 쓴 『파우스트』를 괴테는 1831년 8월

82세 생일을 앞두고 최종 마무리를 하여, 봉인해두었다가 1832년 정월에 다시 꺼내어 고치고 또다시 봉인한 후 타계했습니다.

> 내 귀한, 흩어져 있는 친구들에게 생시에 이미 이 매우 진지한 농담을 헌정하고, 알리고, 응답을 듣는다면 그건 내게, 의문의 여지 없이 큰 기쁨일 겁니다. 그러나 시절이 어처구니없고 혼란스러우니, 이 기이한 건축물을 이루기 위해 오래도록 쏟아온 나의 정직한 노력은 제대로 보답받지 못하고, 난파선처럼 해변으로 쓸려가 부서져 놓여 있다가 시간의 모래 더미에 파묻혀버리고 말 겁니다. 혼란스러운 행함을 부르는 혼란스러운 가르침이 세상을 휘젓고 있습니다. 나는 나에게 있고, 늘 있어온 것을 될 수 있으면 증진시키고 나의 특질을 정화淨化하는 것 이상으로 절박한 할 일은 없습니다. 그대가, 기품 있는 친구여, 그대의 성에서 그렇게 하고 계시듯. 그러니 그대의 작업도 좀 알려주십시오. 잘 아시다시피 리머가, 같거나 비슷한 연구에 매달려 있어서 우리의 저녁 대화는 자주 그 분야의 경계로 나아갑니다. 이 늦은 답장을 용서하십시오. 독거하고 있음에도 불구하고 이런 인생의 비밀들을 생생히 떠올려볼 수 있는 한 시간

은 잘 없습니다. 변함없이 그대의 J. W. v. 괴테.

죽음을 목전에 둔, 닷새 앞둔 시인이 자기수양의 절박함을 이야기하고 조금이라도 더 배우고 싶은 마음을 피력합니다. 또 60년 공을 들인 대작을 "진지한 농담"이라고 부를 여유와 더불어, 마지막 공을 들이고도 그 어떤 이해도 기대할 수 없어 봉인을 해버리는 절망이 함께 거기 있습니다. 그러나 그렇게 마지막 힘까지 쏟아부어 한 작품을 완성한 힘 역시 같은 절망에 닿아 있을 것입니다. 생애의 마지막 순간까지 자신을 닦는 것이, 거짓 가르침이 횡행하는 시대 앞에서 무력할 수밖에 없는 개인이 할 수 있는 거의 유일한 현실적 저항으로 읽힙니다. 그 큰 사람에게도 그랬습니다. 시대의 혼란과 몰이해에 홀로 마주선 이 마지막 외로움이 읽는 이의 가슴을 칩니다. 작품만이 아니라 그 많은 편지로써 가닿으려 했던 것도 결국은 사람 아니겠습니까. 아득한 예전에 세상 이곳 저곳에 보내어진 그 많은 낱장 편지들을 사람들은 왜 또 그렇게 모았을까요. 인류의 큰 업적들은 어쩌면 이런 절망과 외로움의 힘으로 길어올린 것일지도 모르겠습니다.

—

여백서원에는 제가 혼자 지어 지키고 있음에도 책이 제법 많습니다. 평생 시를 쓰고 독문학을 방편으로 시를 공부해온 사람이 만든 곳이다보니, 시와 관련된 책들과 더불어 독문학 책이 상대적으로 많고, 그중에도 괴테에 관한 책이 많습니다.

서원에 난데없이 웬 괴테냐고 의아해하는 사람들이 적잖이 있습니다. 사실 따지고 보면 옛 서원들에서 "모신" 공자도 외국 학자였는데 말이지요. 그때마다 저는 대답합니다. 바이마르라는 인구 6만의 작은 곳이 독일의 문화적 역사적 자부심이 되는 것도 인물 하나 잘 키워내어 그렇다고, 우리에게서도 인물 하나 잘 커 나오기를 바란다고. 그런데 그 인물은 누가 키워주는 것이 아니고 자기가 스스로 크는 것이라, 그저 샘플 하나를 잘 보여주고 싶다고. 그리고 저 혼자 잘 크는 인물도 부럽지만, 또한 독일에서는 괴테, 쉴러, 모차르트, 베토벤도 부럽지만 그런 인물이 있게 한 사람들이 부러워 그 이야기를 많이 하노라고 거듭 말하지요. 그러다보면 그런 사람들 이야기가 끝도 없이 줄줄이 이어집니다. 남을 아껴주고 키워줌으로써 미미했을 수도 있는 그들 자신의 삶이 얼마나 찬란히 빛났는지, 빛나는지를 꼭 전하고 싶기 때문입니다.

그러고는 살짝 덧붙입니다. 큰 인물에 대한 태도, 아니 모든 낯선 것에 대한 태도는 세 가지쯤으로 나뉘는 것 같다고 말입니다. 보통 그저 낯설어서, 압도적으로 큰 사람인 경우에는 더더욱 나와 무관하게 생각되어, 그저 그러려니 하고 그만인 것이 대부분의 사람들의 태도이고 소수의 조금 꼬여 있는 사람들은, 자기보다 큰 사람을 공연히 미워합니다. 그런데 또 소수의 사람은 “어 이거 뭐지?” 하며 호기심을 가지고 들여다봅니다. 그렇게 하는 이는, 따라 배워가고 그러면서 스스로 큽니다. 그 대상이 사람이든, 무생물이든 마찬가지입니다. 그런데 그 대상이 큰 사람이라면 득은 더더욱 클 것입니다.

그 말을 하고 싶어서 서원 중심에다 괴테를 두었습니다. 도토리 키 재기 하느라 여념이 없고, 자기보다 조금만 더 커 보이면 미워하느라 공연히 스스로를 괴롭히고, 남도 괴롭히고 공기까지 오염시키는 일, 그런 좀스러운 일은 웬만하면 하지 않아야 우선 각자 저 살기가 좀 나아질 것 같고 사회가 건강해질 것 같기 때문입니다.

학교에서 마지막 수업을 하면서 제가 밝힌 저의 노후 직업은 ‘박수 부대’입니다. 바른 걸음으로 큰 길을 가는 이들에게는 언제나 박수를 쳐주고 싶습니다. 생각해보면, 바른 걸음으로 가는 길은, 나중에 돌아보면 다 '큰 길'이 되지요. 제가 박수 하나는 참 크게 칠 자신이 있지만, 그만큼 다양하게도 칩니다. 이 글에서도 그런 박수 소리가 조금 배어나오길 바라봅니다.

꿈꾸고 사랑했네 해처럼 맑게

괴테와 마주앉는 시간

1판 1쇄 2021년 7월 2일
1판 9쇄 2024년 12월 23일

지은이 전영애
기획·책임편집 이경록 편집 김영옥
디자인 이보람
마케팅 정민호 서지화 한민아 이민경 왕지경 정유진 정경주 김수인 김혜원 김예진 이서진 김경언
브랜딩 함유지 함근아 박민재 김희숙 이송이 김하연 박다솔 조다현 배진성 이준희 나현후
저작권 박지영 형소진 최은진 오서영
제작 강신은 김동욱 이순호 제작처 더블비(인쇄) 중앙제책(제본)

펴낸곳 (주)문학동네 펴낸이 김소영
출판등록 1993년 10월 22일 제2003-000045호
주소 10881 경기도 파주시 회동길 210
전자우편 editor@munhak.com 대표전화 031) 955-8888 팩스 031) 955-8855
문의전화 031) 955-3576(마케팅) 031) 955-3572(편집)
문학동네카페 http://cafe.naver.com/mhdn
문학동네트위터 http://twitter.com/munhakdongne
북클럽문학동네 http://bookclubmunhak.com

ISBN 978-89-546-8059-2 03810

www.munhak.com